BUR

Biblioteca Universale Rizzoli

Maria Venturi in BUR

Addio e ritorno
Un'altra storia
L'amante è finita
Amore s'impara
L'amore stretto
Chi perdona ha vinto
Il cielo non cade mai
Da quando mi lasciasti
La donna per legare il sole
Incantesimo
In punta di cuore
Mia per sempre
La moglie addosso
La moglie nella cornice
Il nuovo incantesimo
Il rumore dei ricordi
Storia d'amore
La storia spezzata

MARIA VENTURI

# Chi perdona ha vinto

BUR

NARRATIVA

ISBN 88-17-00238-0

Prima edizione BUR Narrativa: maggio 2004

# Chi perdona ha vinto

# Antefatto

## DIECI ANNI PRIMA

Quando Cecilia entrò nell'aula, tutti i compagni erano già seduti. «Sei in ritardo, Vitali» la redarguì la professoressa. Le indicò un banco nella terza fila, di fronte alla cattedra. «Il tuo posto è quello, sbrigati.»

Mentre vi si dirigeva, Cecilia avvertì su di sé gli sguardi incuriositi dell'intera classe. Non conosceva nessuno, e ignorava persino quale materia insegnasse l'anziana signora che l'aveva accolta tanto bruscamente.

Il trasloco nella nuova casa, all'altro capo della città, era coinciso con la fine del ginnasio e i suoi apprensivi genitori l'avevano costretta a cambiare anche scuola, incuranti delle sue proteste e delle sue suppliche: a sedici anni compiuti era abbastanza grande per prendere una metropolitana! Come potevano separarla dalle amiche più care? *Tutti* passavano dal ginnasio al liceo restando nello stesso istituto! Non si rendevano conto che in una nuova scuola lei si sarebbe sentita come una intrusa, un'aliena?

Ma questo era accaduto tre mesi prima. *Prima* delle quattro settimane di vacanze trascorse in Scozia. *Prima* della sorprendente scoperta che, dopo le mattine dedicate allo studio, nessuno controllava i gruppi di ragazze e di ragazzi ospitati nel college. *Prima* che lei e Lorenzo ne approfittassero per uscire ogni sera in bicicletta inoltrandosi sempre più audacemente e più a lungo all'esterno dell'edificio, lontano dalle regole che avevano imposto al loro rapporto di adolescenti.

*E prima della certezza di essere rimasta incinta.* Di fronte a quella terrificante realtà il cambio della scuola era diventato un problema irrilevante. La sua stessa vita era cambiata, e fin dal ritorno da Edimburgo, quando ancora non sospettava la catastrofe che stava per abbattersi su di lei.

I suoi genitori erano venuti a prenderla alla Malpensa e non appena li aveva scorti, al di là delle transenne, si era sentita tremare di paura e di vergogna: durante quella vacanza era diventata un'altra persona, ed era *certa* che loro se ne sarebbero subito accorti perché le sembrava *impossibile* che il suo viso e il suo corpo fossero rimasti gli stessi.

La compagna di banco le diede una gomitata e con uno sguardo d'intesa richiamò la sua attenzione sulla prof. «Ce l'ha con te» sussurrò.

Cecilia sollevò gli occhi e incrociò quelli dell'insegnante, colmi di disapprovazione. «Sto dettando gli orari delle mie materie: non ti interessa prenderne nota?» la redarguì per la seconda volta, a voce alta.

Cecilia si affrettò a estrarre dallo zaino un quaderno e una biro e cominciò a scrivere. Perduta nei suoi pensieri non aveva sentito gli orari del lunedì e del martedì, ma finalmente capì che quella era la professoressa di lettere.

Durante l'intervallo delle undici Emma, la compagna di banco, si incollò a lei. Era una ragazza estroversa e spontanea che in altri tempi le avrebbe fatto piacere conoscere. In quel momento, però, la sua vicinanza le creava soltanto un profondo disagio, facendole avvertire quanto ormai si fosse distaccata dalle ansie e dal mondo dei sedicenni.

E mentre Emma parlava dei nuovi insegnanti, considerando la peggior *jattura* l'essere capitata nella sezione con quelli notoriamente più severi, Cecilia sogguardava l'orologio pensando che all'uscita dalla scuola lei e Lorenzo si sarebbero incontrati per affrontare concretamente la situazione.

Da otto settimane ci giravano intorno, sopraffatti da un problema talmente più grande di loro che neppure osavano parlarne, quasi il trascorrere dei giorni potesse risolverlo da solo. "Le jatture sono altre, Emma" avrebbe voluto gridare alla nuova compagna. La fine dell'intervallo fu per lei un sollievo.

Anche l'insegnante di matematica era una donna, più giovane di quella di lettere ma ugualmente severa. Per un'ora intrattenne la classe parlando del programma che avrebbero svolto durante quell'anno e preannunciò che in sede di scrutinio non avrebbe mai regalato la sufficienza a quelli che non la meritavano soltanto perché andavano bene nelle materie letterarie: anche se quello era un liceo classico, lei considerava le materie scientifiche ugualmente importanti, ed esigeva da tutti la massima applicazione, se non altro per il rispetto dovuto all'impegno che lei metteva nell'insegnamento.

Quell'ultima frase ebbe su Cecilia l'effetto di un pugno nello stomaco. Quanto impegno avevano messo i suoi genitori nel loro ruolo? Tantissimo: l'avevano cresciuta amorosamente inculcandole con l'esempio il senso del dovere, del rispetto, della lealtà. Che cosa avrebbero provato nell'apprendere che la loro fiducia era stata tradita? Che a sedici anni la loro figlia si era fatta mettere incinta da un diciassettenne?

Fino a quel momento aveva taciuto per la vergogna di confessare la verità: adesso, per la prima volta, si rendeva conto che quella gravidanza era un dramma anche per loro. La notizia li avrebbe angosciati e sconvolti. E altrettanto sarebbe stato per il padre e la madre di Lorenzo: li aveva visti una sola volta, alla partenza per la Scozia, e le erano sembrate due brave e gentili persone.

*Che cosa abbiamo fatto?* Le parve di averlo urlato, e trattenne il fiato spaventata.

«Stai male?» Emma le chiese sottovoce.

Cecilia si alzò di scatto e si diresse verso la cattedra. «Ho bisogno di uscire, mi scusi» disse alla profe. Senza neppure aspettare la risposta infilò, correndo, la porta.

Mezzogiorno e dieci. La sera prima Lorenzo le aveva detto che sarebbe venuto a prenderla all'uscita della nuova scuola verso l'una, pregandola di aspettarlo se avesse tardato. «Puoi trovare una scusa con tua madre per non tornare a pranzo?» aveva aggiunto.

Da settimane non faccio altro, Cecilia pensò acidamente. Era uno di quei momenti in cui la tensione si trasformava in aggressività. Avrebbe avuto bisogno di scaricarla su qualcuno: ma chi? Non potendo farlo con i suoi incolpevoli genitori e neppure con Lorenzo, che si stava comportando con un senso di responsabilità sbalorditivo, in quei momenti Cecilia detestava se stessa.

Si diresse a testa bassa verso i giardinetti poco distanti dalla scuola, dove almeno poteva sedersi su una panchina aspettando l'ora dell'appuntamento. *Come una barbona.* Accidenti a me, imprecò. Perché sono scappata dalla scuola? Perché mi sono cacciata in questa situazione? Perché non mi sono difesa da Lorenzo?

*Sei stata tu a sedurlo.* La furia montò come un fiume in piena. Sei stata tu a dirgli che nel college vigeva la più assoluta libertà, tu a scovare quelle due vecchie biciclette, tu a invitarlo a fare un giro notturno nel parco, tu a portarlo in quel maledetto pub, tu la prima a sbronzarti di whisky, tu a dirgli di abbracciarti, a esortarlo a non avere paura.

Avevano vissuto l'inizio di quell'estate in uno stato di esaltazione continua, scoprendo la libertà, il sesso, l'incanto di paesaggi bellissimi... Adesso tutto era finito: da quasi due mesi non osavano neppure abbracciarsi, per l'inconfessabile timore di dover affrontare un nuovo problema. Dopo la grande fiammata, il desiderio si era spento. Condizionati dalle conseguenze, associavano il sesso a problemi, sofferenze, guai.

Non potrò *mai più* fare l'amore, Cecilia si disse mentre raggiungeva lo spiazzo con le panchine. Guardò di nuovo l'orologio: le dodici e venti. Quando alzò gli occhi, vide Lorenzo venirle incontro.

«Non dovevi uscire all'una?» le chiese, sorpreso quanto lei.

«Sì, ma ho saltato l'ultima ora. Non ce la facevo più a restare in classe.»

«Io non sono nemmeno andato a scuola. Ho girato per tutta la mattina aspettando di vederti...» Fece una breve pausa. «Dobbiamo decidere che cosa fare, Cecilia. Credo che l'unica soluzione sia...»

«Non voglio abortire.»

«Questo lo abbiamo deciso fin dal primo momento!»

«Però la prima domanda che mi hai fatto è se volevo tenere il bambino.» Cecilia puntualizzò.

Lorenzo la guardò quasi offeso. «Te l'ho chiesto perché era la cosa più importante da stabilire. Anche se questo figlio ci incasinerà la vita, neppure per un istante ho pensato all'aborto. Ma a te poteva sembrare la via d'uscita più facile, e non sarei stato nelle condizioni di impedirtelo.»

«Scusami» Cecilia mormorò. Gli occhi le si riempirono di lacrime. «Ho la testa che mi scoppia... Non esistono vie di uscita...»

Lorenzo la prese per un braccio e la guidò verso una

panchina. «In queste settimane ho riflettuto molto» disse quando furono seduti. «Mi sono spaccato la testa anch'io per cercare il modo di cavarcela da soli: offrirci come custodi, sistemarci in una portineria, lavorare in una pizzeria o in un albergo. Ma stamattina ho capito che si tratta di progetti irrealizzabili e infantili. Chi affiderebbe una portineria o una villa a un ragazzo di diciassette anni e a una sedicenne incinta? Ammesso anche che io trovassi qualche lavoretto precario e di fortuna, a malapena riuscirei a pagare l'affitto di casa... Che vita avremmo? Quale futuro ci aspetterebbe?»

«Te l'ho detto! Siamo in un vicolo cieco!» Cecilia disse istericamente.

Lorenzo le circondò le spalle. «Dobbiamo chiedere aiuto ai nostri genitori.»

«Piuttosto mi ammazzo.»

«Non fare la bambina, Cecilia.»

«Senti chi parla! Il grande uomo che dopo due mesi di riflessioni corre da mamma e papà a...» L'ira le strangolò la voce. «Questa mi sembra la soluzione più *infantile* e irresponsabile» aggiunse dopo aver ripreso fiato.

Lorenzo sottrasse il braccio. «Sbagli, perché questa è stata invece la mia prima decisione di adulto. Tra sei mesi e mezzo avremo un figlio che non sappiamo dove portare, come mantenere, a chi affidare. La realtà è questa. Se non vogliamo abbandonare gli studi e arrangiarci a sopravvivere miserabilmente abbiamo bisogno delle nostre famiglie. Mi vergogno a morte di confessare a mio padre che ho messo incinta una ragazzina e sono spaventato quanto te perché prevedo che si scatenerà un inferno. Ma è il prezzo che dobbiamo pagare per...»

«Io penso a mio padre e a mia madre» lo interruppe Cecilia. «La verità gli farà crollare il mondo addosso...»

«E per i miei sarà lo stesso, ma alla fine ci aiuteranno perché il dolore più grande sarebbe vederci distruggere il futuro, la vita.»

«Mi vergogno! Non avrò *mai* il coraggio di dire quello che è successo!»

«Lascia fare a me. Verrò a casa tua, con i miei genitori, e parlerò io. Ne usciremo, vedrai.»

«Potrebbero imporci l'aborto. Convincerci che alla nostra età è la soluzione più razionale...»

«Su questo punto saremo inamovibili. Vogliamo un aiuto per fare nascere il bambino, non per sbarazzarcene.»

Cecilia lo guardò negli occhi. «Mi dispiace» disse con voce triste. Lo vide assentire silenziosamente e capì che non aveva bisogno di aggiungere altro perché Lorenzo aveva capito e provava la sua stessa amarezza: per la sofferenza che avrebbero inflitto alle famiglie, per la preoccupazione del futuro, per l'incoscienza con cui in quattro settimane avevano bruciato un rapporto nato da poco. Tutto quello che avrebbe potuto essere tra loro, non sarebbe stato più: l'amore era finito in quella vacanza, insieme con la loro adolescenza. E anche questo era molto triste.

Non vi furono accuse, né scenate, né indignazione, né lacrime: Cecilia e Lorenzo furono tanto sorpresi quanto sollevati dalla reazione dei rispettivi genitori, così diversa da quella temuta. Solo con il trascorrere dei giorni compresero che la realtà di due figli ragazzini in attesa di un bambino, il presentarsi dei problemi da risolvere e l'urgenza delle decisioni da prendere li avevano sopraffatti al punto da renderli incapaci di provare nient'altro se non preoccupazione e angoscia.

E l'iniziale sollievo per le scampate scenate si trasformò per i due ragazzi in un profondo senso di colpa. Consapevoli di aver devastato le esistenze dei genitori, non osarono interferire nelle loro decisioni. Né, per la verità, lo avrebbero potuto: furono consultati una sola volta, quando la madre di Cecilia disse a entrambi, senza giri di parole, che pur essendo contraria all'aborto nel loro caso lo considerava il male minore. Se era questo l'aiuto che volevano, l'avrebbero avuto.

Fu Lorenzo a respingere con veemenza la proposta: il loro bambino doveva nascere.

Chiarito questo, i genitori presero in mano la situazione escludendo i figli dai loro incontri e dalle soluzioni che via via prospettavano e prendevano congiuntamente.

Mentre Lorenzo si adattò a questo comportamento non osando confessare neppure a se stesso di sentirsene in qualche modo rassicurato e protetto, Cecilia lo subì con profonda umiliazione. «Ci trattano come due pedine da spostare a loro piacimento, come due oggetti!» si sfogava con lui.

E lui, realisticamente, tentava di calmarla: era il prezzo da pagare, non erano nelle condizioni di protestare o di fare delle scelte autonome, potevano ritenersi *fortunati* di avere genitori tanto disponibili.

Ma Cecilia continuava a sentirsi avvilita, depersonalizzata, manipolata. E si riteneva assai meno fortunata di Lorenzo perché avvertiva nei propri genitori una disponibilità dettata più dal senso del dovere che da uno spontaneo slancio d'amore.

Sin dall'inizio ebbe il sospetto che sua madre considerasse l'interruzione di una gravidanza così precoce il modo più sensato per salvaguardare il futuro della figlia e preservare se stessa da problemi e responsabilità destabilizzanti. Sicuramente, il rifiuto di questa soluzione la deluse e ingenerò in lei il seme di un oscuro rancore che con il passare del tempo sarebbe diventato via via disapprovazione, sfiducia, distacco. Elena Vitali continuava ad amare la figlia, ma non le piaceva più.

Dopo due settimane di incertezza e di attesa, Lorenzo e Cecilia furono informati di quanto era stato deciso per l'immediato futuro: avrebbero continuato a vivere nelle rispettive case sino al termine del liceo e dopo la nascita del bambino le due famiglie se ne sarebbero fatte carico suddividendosi equamente l'impegno di allevarlo e di mantenerlo. Era sottinteso che questo aiuto non sottraeva i due ragazzi alle loro responsabilità di genitori.

«Trascorrerete i fine settimana, le vacanze e tutto il tempo libero occupandovi di vostro figlio» precisò il padre di Lorenzo. «Siete troppo giovani per sposarvi, ma, qualsiasi decisione prendiate più avanti sul vostro rapporto, dovrete fin d'ora capire che la vostra vita è cambiata. Siamo disposti a mantenervi fino alla laurea, ma la condizione è che studiate seriamente e vi facciate carico dei vostri doveri senza combinare altri guai.»

Prima che le condizioni di Cecilia diventassero evidenti, i suoi genitori chiesero un colloquio con il preside e gli spiegarono con franchezza quello che era accaduto. Non intendevano ritirarla dalla scuola, sia per non farle perdere un anno sia perché la ragazza doveva affrontare senza ipocrisie le conseguenze della propria irresponsabilità. Ciò che chiedevano al preside era di parlare con gli insegnanti e di intervenire con i compagni di classe nel deprecabile caso di comportamenti malevoli o persecutori.

Il preside assicurò che avrebbe fatto il possibile per proteggere Cecilia. Tuttavia nessuna studentessa era mai rimasta incinta nel suo istituto e una gravidanza, a soli sedici anni, rappresentava un evento eccezionale: era perciò inevitabile che suscitasse molta curiosità e qualche chiacchiera.

La realistica previsione del preside si avverò puntualmente. All'inizio del sesto mese Cecilia cominciò ad arrotondarsi in modo inequivocabile e una mattina, infastidita dallo sguardo perplesso e insistente della compagna di banco, disse aggressivamente: «Sono incinta. E annuncialo pure a tutti, così la smetteranno di fissarmi e di darsi gomitate».

Cecilia lasciò la scuola soltanto alla metà dell'ottavo mese, e nel frattempo frequentarla fu per lei un supplizio perché l'improvviso interessamento della classe accrebbe in lei la consapevolezza della propria diversità. Si sentiva come un fenomeno da baraccone. Era l'unica sedicenne incinta, l'unica tra loro ad aver sfidato tutte le regole e infranto tutti i tabù. I compagni la cercavano spinti dalla morbosa curiosità di capire come era successo, che cosa provava.

Anche i compagni di Lorenzo avevano saputo della sua imminente paternità, ma lui non ne portava addosso i segni e non poteva capire il disagio e la paura di un corpo che ingrossava ogni giorno, come una mostruosa pianta invasiva e incontrollabile.

E difatti non capiva. Nei loro incontri, stabiliti e regolati dalle famiglie, Lorenzo reagiva sempre più innervosito ai suoi sfoghi: il peggio l'abbiamo passato! Non drammatizzare! Non essere paranoica!

Cecilia partorì il 12 aprile: una bella e sana femminuccia alla quale venne dato il nome della bisnonna paterna, Francesca. I compagni di scuola fecero una colletta per mandarle in clinica una pianta fiorita, la profe di lettere venne a trovarla portandole in regalo un libro di poesie di Emily Dickinson.

Riprese ad andare a scuola un mese dopo, sentendosi ancor più a disagio di quando l'aveva lasciata.

Adesso non si sentiva solamente lontana anni luce dai compagni di classe, ma era in balia di una continua inquietudine. Anni dopo, riandando a quel periodo, capì di aver vissuto una profonda crisi di identità. Non si sentiva né figlia né madre, né ragazza né donna. Stava male a scuola e stava male a casa.

Ora più che mai, erano i genitori a organizzare e decidere per lei. Non aveva più né personalità né ruoli. Esautorata di tutte le incombenze materne ("tu devi pensare soltanto a studiare!") aveva con la sua bambina un rapporto privo di fisicità: talvolta tornava da scuola e non la trovava, perché la madre di Lorenzo era venuta a prenderla per portarla a casa sua. E allora avvertiva un acuto senso di colpa che si trasformava in angosciosa apprensione. Aveva il terrore che, lontana da lei, Francesca cadesse dal fasciatoio, si soffocasse nella culla, venisse rapita...

Quando la piccola compì tre anni, i nonni paterni e materni si resero conto che non poteva più essere trasportata da un'abitazione all'altra come un pacco: Francesca stava per cominciare l'asilo e aveva raggiunto l'età in cui stabilità e punti di riferimento precisi erano le esigenze prioritarie. E così la famiglia di Cecilia si trasferì nell'appartamento accanto a quello della famiglia di Lorenzo, appena lasciato libero dai vecchi inquilini.

Fu il padre del ragazzo, che ne era proprietario, a provvedere ai lavori di ristrutturazione. Francesca avrebbe abitato nella casa dei nonni paterni, ma con una porta di comunicazione appositamente aperta nella sua stanza per consentirle di accedere quando voleva alla casa dei nonni materni.

Una delle tante cose che Cecilia avrebbe capito col tempo fu quante umiliazioni, quanti compromessi e quanti sacrifici i suoi genitori dovettero sopportare per impedire che un errore giovanile distruggesse il futuro e la stessa vita dell'unica figlia. I rapporti con gli altri nonni non erano mai stati paritari perché, sin dai primi incontri, avevano avvertito il condizionamento di una abissale diversità sociale e di censo.

Il padre di Cecilia insegnava matematica in una scuola

media, quello di Lorenzo era titolare di uno dei più noti studi legali milanesi; la madre di Cecilia arrotondava il bilancio domestico tenendo la contabilità di un piccolo calzificio, quella di Lorenzo era architetto. Anche se i coniugi Anelli non avevano mai fatto pesare questa loro superiorità, dimostrando al contrario rispetto e stima per i genitori di Cecilia, era stato inevitabile che il loro ruolo diventasse determinante nella gestione della delicata situazione.

Con la naturalezza di chi non ha mai avuto problemi economici, l'avvocato Anelli dava per scontato che toccasse a lui, il più ricco, farsi carico del mantenimento della nipotina e neppure pensava di ferire l'altro nonno. Il padre di Cecilia aveva dovuto rassegnarsi: con il suo stipendio non gli sarebbe stato possibile pagare una bambinaia, ricolmare la piccola di vestitini e giocattoli, farle trascorrere lunghe vacanze al mare e in montagna.

E la piccola, ugualmente amata dai quattro nonni, giorno dopo giorno aveva finito per preferire quelli paterni: trascorreva più tempo con loro, ma soprattutto li trovava più allegri, più affettuosi, più disponibili. E questa era un'altra amarezza per i genitori di Cecilia. Per non sentirsi i parenti poveri e far fronte all'aumento delle spese, il padre trascorreva i pomeriggi dando lezioni private e la madre aveva trovato un'altra piccola azienda per cui curare la contabilità: era inevitabile che Francesca, a casa loro, si sentisse trascurata e avvertisse il clima di stanchezza e di tensione che vi aleggiava.

Trasferirsi nell'appartamento accanto a quello degli Anelli era stato allo stesso tempo la più profonda delle umiliazioni e il massimo atto d'amore nei confronti della nipotina: soltanto per non perderla lasciarono la loro casa e si sradicarono dal loro quartiere, consapevoli di pagare un affitto irrisorio e mortificati per non aver potuto partecipare alle spese di ristrutturazione.

Ma l'orgoglio smise di bruciare quando si resero conto che quel trasferimento diede una svolta nuova, e finalmente serena, alla vita di tutti. Francesca, smettendo di passare da una casa all'altra, trovò la stabilità di cui aveva bisogno e cessarono tutti i problemi logistici per alternarsi nelle sue cure. Il legame tra le due famiglie si rinsaldò. Ma il risvolto più positivo fu il nuovo legame che si creò tra Lorenzo e Cecilia.

Ormai si vedevano soltanto nei fine settimana e durante le vacanze, per fare sentire alla figlia la presenza di entrambi i genitori: ma le loro strade si erano separate e non avevano altro da condividere se non i doveri di quel ruolo. L'abitare in due appartamenti contigui li riunì e in breve tempo diventarono l'uno il migliore amico dell'altra. Al breve amore di ragazzi, ormai sbiadito anche nel ricordo, subentrò un affetto da fratelli.

Si confidavano tutto. Si aiutavano. Si sostenevano. Finito il liceo, Lorenzo si iscrisse alla facoltà di giurisprudenza e l'anno dopo, quando a sua volta superò gli esami di maturità, Cecilia scelse architettura: era stata Anna, la madre di lui, a trasmetterle l'interesse per il suo lavoro e a condizionare questa sua scelta.

Cecilia abbandonò l'Università alla metà del terzo anno: non fu un colpo di testa, ma una decisione meditata. Quattro mesi prima Anna le aveva presentato Giordano Cerri, un vecchio amico che fabbricava mobili su commissione e disegno di aziende dai marchi famosi. Superati i quarant'anni, Cerri stava per realizzare con la moglie un vecchio sogno: creare un marchio proprio e vendere direttamente i mobili alla clientela. Aveva rilevato dal suocero, in via Ripamonti, l'area dell'autorimessa che non intendeva più gestire: tremila metri già ristrutturati e trasformati in un salone di esposizione e di vendita.

Prima di esordire nella nuova attività, Cerri intendeva trovare i collaboratori giusti: persone che amassero il settore dell'arredamento e del mobile, capaci di seguire la clientela e di proporre soluzioni e idee innovative.

L'entusiasmo di Cerri colpì Cecilia e, a sua volta, la spinse a una insolita loquacità. Gli disse che dopo la laurea intendeva orientarsi verso l'architettura d'interni, gli confessò che il suo sogno nel cassetto era disegnare dei nuovi mobili ("e soprattutto inventare una sedia che non sia soltanto bella da guardare!"), espresse scherzosamente il desiderio che una volta diventata architetto potesse trovare ancora un posto libero nel suo mobilificio.

«Perché non viene subito con me?» Cerri le propose serio. «Lei sta frequentando l'Università per trovare il lavoro che io le offro subito: non le sembra una inutile perdita di tempo?»

Cecilia lo ringraziò e promise che ci avrebbe pensato. Fu quanto fece. A ventitre anni, e madre di una bambina di sei, dipendeva ancora totalmente dai genitori. Erano loro a mantenerla, a pagarle gli studi, a comperarle i vestiti, a darle i soldi per andare al cinema e pagare la benzina. E senza rendersene conto continuavano a trattarla e a controllarla come una ragazzina. Dopo l'offerta di Cerri, questa situazione le apparve ancor più frustrante. Accettandola, non soltanto avrebbe potuto affrancarsene, ma dare una nuova svolta alla sua vita.

Aveva frequentato i tre anni di liceo e i primi due dell'Università con lo stesso disagio, continuando a sentirsi estranea a se stessa e ai compagni. Era stufa di studiare!

Lorenzo la aiutò a superare le ultime indecisioni. «Che cosa aspetti? Corri da Cerri prima che cambi idea, smettila di avere paura!»

Lorenzo aveva fatto centro. Da quando era rimasta incinta di Francesca, lei era stata condizionata da una paralizzante, invasiva paura: la paura del sesso, dell'amore, dei cambiamenti, del giudizio degli altri, di decisioni o comportamenti che potessero deludere ancora una volta i genitori.

Ma, alla fine, trovò il coraggio di accettare la proposta di Cerri. Con sua enorme sorpresa, non vi fu alcuna rimostranza da parte dei suoi genitori e iniziò a lavorare in uno stato di grazia: era stata capita! Non li aveva delusi! Non fecero alcuna rimostranza neppure quando, due anni dopo, avrebbe deciso di andare a vivere per conto proprio.

Sapeva di non poter portare con sé la figlia: non subito, quanto meno. Le radici di Francesca erano nella casa in cui era cresciuta, i suoi punti di riferimento i quattro nonni che le avevano fatto da genitori. Questa era la realtà, questo l'amaro senso di inadeguatezza che aveva avvelenato il suo passaggio dall'adolescenza all'età adulta: aveva messo al mondo una figlia a cui non aveva potuto, né forse saputo, fare da madre.

Lorenzo lasciò la casa paterna un anno dopo di lei. Finita l'Università e superati gli esami di Stato, era entrato come socio nello studio legale del padre e dello zio. A Bea, Simona, Alessia, Paola e alle molte altre ragazze con le quali aveva avuto storie allegramente disimpegnate, era finalmente subentrata Carolina: la ragazza giusta, l'unica che ebbe la tacita approvazione di Cecilia e che Lorenzo osò presentare ai genitori. Carolina aveva, obiettivamente, molte qualità: era tranquilla, affettuosa, seria, intelligente. Ma a fare innamorare Lorenzo furono soprattutto i suoi limiti: adorava i film d'amore, sognava una famiglia da Mulino Bianco, era priva di grinta, incapace di prendere decisioni autonome. Sarebbe diventata la classica moglie dipendente e adorante.

«Ho trovato la schiava che cercavo!» scherzava Lorenzo. In realtà aveva trovato la donna ideale. Nonostante i suoi comportamenti disinibiti e la sua apparente sicurezza, anche lui era stato segnato dalla precoce paternità e dai problemi che ne erano derivati. Diffidava dei colpi di testa e di passione, e aspirava a costruire un rapporto sereno con una donna affidabile.

Carolina si innamorò a prima vista di Francesca e fu anche l'unica ragazza a non considerare la piccola la conseguenza di un rapporto "pazzesco" del quale parlare con morbosità, con malizia, con diffidenza.

La vacanza in Scozia di Lorenzo e di Cecilia le parve un amore di adolescenti romantico e appassionante come una fiction televisiva, e il concepimento di una bambina l'inatteso colpo di scena che sempre precede il lieto fine.

Accettò di sposare Lorenzo solamente quando fu certa che non vi era alcuna possibilità di ritorno di fiamma e dopo che Cecilia, divertita e infastidita dai suoi interrogatori, le disse che no, non era affatto gelosa. Amava Lorenzo come un fratello, e le sembrava incestuoso il solo immaginare di avere un rapporto con lui!

Il matrimonio avvenne quando Francesca compì otto anni. Pochi mesi dopo la bambina andò a vivere con il padre e nessuna psicologa avrebbe potuto prepararla meglio di Carolina al distacco dai nonni, né aiutarla a inserirsi nella nuova famiglia con altrettanta rapidità.

Cecilia si stupì di non provare amarezza o gelosia: era invece enormemente sollevata per la figlia e capì che solo allora, a venticinque anni, era diventata adulta e aveva scoperto il vero amore materno.

# La storia

# I

Quella mattina una sfavillante Venere in Cancro invitava i nativi del segno a osare tutto: erano previsti un incontro determinante e indimenticabili ore d'amore.

Cecilia spense il televisore e tornò in bagno per asciugarsi i capelli, dandosi dell'idiota per essersi soffermata ad ascoltare quel concentrato di ovvietà e di stronzate che erano gli oroscopi del mattino.

*Non si dice "stronzate", mamma.* La voce di Francesca, vibrante di disapprovazione. E chi l'ha detto?, le rispose mentalmente mentre attaccava la spina del phon. L'aveva soltanto pensato, e per fortuna né parenti né collaboratori avevano la facoltà di leggere nel pensiero: se così fosse stato, si sarebbe ritrovata sui due piedi disoccupata e senza famiglia.

Nell'ultima settimana tutto stava andando storto: era furiosa con Lorenzo e Carolina che avevano mandato la bambina a un campeggio di boyscout, dove un ridicolo regolamento vietava visite e telefonate, furiosa con i nonni che l'avevano iscritta, furiosa con il reparto tappezzeria che era in ritardo con la consegna delle fodere, furiosa con il virile boss Giordano Cerri che si era rifiutato di assumere il miglior designer sulla piazza perché non sopportava i gay, furiosa con Gina, la signora moglie, che le aveva rifilato il cliente prevedibilmente più becero e spocchioso, un *canzonettaro*!

Una scintilla interruppe il ronzio del phon e il montare della sua animosità. Le luci del bagno si spensero all'improvviso. Un contatto? Accidenti, accidenti, accidenti. Staccò la spina e andò a sollevare la leva del salvavita: la luce tornò, ma la presa annerita non era più utilizzabile.

Raccolse i capelli ancora umidi in una coda di cavallo e, di nuovo, le parve di udire Francesca. *Perché non li tagli come Carolina, mamma?*

Perché non ho i capelli sfibrati e sottili come lei, avrebbe voluto risponderle. L'ansia per la figlia, accampata da tre giorni in chissà quale baita o parrocchia delle valli bergamasche, si riversò in una nuova ondata d'ira nei confronti della moglie di Lorenzo: rispettava le sue scelte di vita e le era grata per l'affetto con cui si curava di Francesca, ma doveva ricordarsi che non era sua figlia.

Bisognava chiarirlo una volta per tutte, anche con Lorenzo. Per il bene della bambina aveva accettato che vivesse con loro, ma non potevano certamente accusarla di essere una madre latitante. Trascorreva con lei i fine settimana, le vacanze e ogni minuto libero. Lavorava, è vero: ma a differenza di Carolina non aveva un marito ricco da cui farsi mantenere e, al di là del bisogno, era una scelta che avrebbe comunque fatto organizzandosi come tutte le lavoratrici madri.

Se Lorenzo non lo capisce, gli tolgo la bambina, pensò mentre sottolineava il contorno degli occhi con la matita. *Perché Carolina non si trucca, mamma?*

Perché non ha niente di bello da mettere in risalto. La mano le tremò. Basta, si impose. Come poteva essere tanto astiosa e meschina? Basta, si impose per la seconda volta, avvertendo i familiari prodromi delle crisi di autofustigazione. Era ingiusto anche detestare se stessa per un cedimento di nervi dovuto alla tensione di quei giorni. Non era affatto meschina. Riprese a truccarsi, passando il mascara sulle ciglia, e infine ravvivò la bocca con il lucidalabbra.

Aveva cominciato a truccarsi dopo i vent'anni, quando Francesca era entrata all'asilo e tutti i problemi della sua crescita erano stati risolti con il trasferimento nell'appartamento dei genitori di Lorenzo. Prima di allora Cecilia non aveva avuto alcuna consapevolezza della propria fisicità. Per i compagni del liceo era stata la *ragazza madre*, ovvero una figura femminile intimidatoria come un tabù.

Più avanti, all'Università, lei stessa aveva scoraggiato ogni approccio con il suo modo di fare inconsapevolmente raggelante. Disabituata ai giochi di corteggiamento, era del tutto priva di malizia e di seduttività: anche lei si vedeva soltanto come una ragazza madre, e identificava questa condizione con l'*impossibilità* di piacere, quasi appartenesse a una specie asessuata.

Ma un pomeriggio, per strada, un uomo si era voltato a guardarla rivolgendole un rozzo ed esplicito complimento. Cecilia, incredula, si trattenne dal chiedergli stupidamente: "Sta dicendo a me?".

Tornata a casa, d'istinto corse a guardarsi allo specchio e per la prima volta si osservò con attenzione, prendendo atto che era alta e sottile, aveva dei folti capelli ramati, gli occhi chiari, le labbra carnose, dei bei denti.

Fu in quel momento che si rese conto di essere una bella ragazza e acquistò la consapevolezza del proprio potere seduttivo. Due mesi dopo accettò un invito a cena da un collega del mobilificio e, al ritorno a casa, si lasciò baciare. La loro storia durò sei mesi e fu lei a troncarla, così come troncò le due relazioni che ebbe in seguito.

Alla certezza di non poter piacere, era subentrata

quella che, innamorandosi, sarebbe andata incontro a sofferenze e problemi: e abbandonava gli uomini per la paura che fossero loro ad abbandonarla. Da un anno si era risparmiata anche il problema di questi distacchi: non frequentava più nessuno.

Animo, si irrise poco dopo mentre saliva in macchina per andare al lavoro. Oggi hai una scintillante Venere nel segno e ti aspettano incontri indimenticabili. D'un tratto le tornò in mente che per quella mattina, alle undici, Gina Cerri le aveva fissato l'appuntamento con il canzonettaro di cui non ricordava il nome. La professionalità prevalse sulla stizza: prima di incontrarlo, doveva almeno sapere chi era e come si chiamava.

Gina sembrò molto stupita per le sue domande. «È Stefano Zennaro. Non te l'avevo detto?»

«Può darsi, ma me l'ero scordato. Mi sai dire qualcosa di questo Zennaro?»

«Ma è il leader degli Zen!» Pronunciò "Zen" come se fosse Mozart.

«E chi sarebbero?»

Gina le lanciò un'occhiata scandalizzata. «Cecilia, in che mondo vivi? Sono il complesso del giorno, quattro ragazzi che i critici definiscono i nuovi Beatles!»

«Scusami, ma ho perso il conto dei *nuovi Beatles* nati e spariti in questi anni.»

«Non posso credere che tu non abbia mai sentito una canzone degli Zen! *La colpa dell'innocenza* andrà in onda trenta volte al giorno, su tutte le radio.»

Cecilia evitò di rispondere che la sua passione per la musica leggera era finita a sedici anni, quando andava ai concerti, studiava con le cuffie alle orecchie e conosceva a memoria i testi di tutte le canzoni. Adesso era un anonimo sottofondo. Probabilmente aveva orecchiato quel brano degli Zen, ma senza capire né il titolo né chi lo cantava.

Fissò Gina: «Non potresti affidare questo Zennaro a qualcuno che...»

«Tu sei la migliore.»

Sorvolò sul complimento. «Ti ha detto che cosa deve arredare e di quali mobili ha bisogno?»

«Ho parlato con la sua assistente, e non è entrata nei particolari. Ma ho letto su "Novella 2000" che ha appena fatto ristrutturare una grande villa in Brianza e immagino che i mobili gli servano per quella.»

Le labbra di Cecilia si piegarono in una smorfia. «Ho capito.»

«Che cosa hai *capito*? Per favore, non essere così prevenuta.» La voce di Gina si fece quasi supplice. «Cerca di mostrarti disponibile e gentile... Pensa a quello che possiamo ricavare da un cliente tanto popolare. Non parlo del guadagno, ma della pubblicità, dell'immagine!»

*Quale immagine?* Ma Cecilia si trattenne dal chiederlo. Mancava poco più di un'ora all'arrivo di quello Zennaro e non aveva né tempo né voglia di polemizzare. Il vero interrogativo era un altro: esistevano nella loro azienda, specializzata in una produzione di classe, dei mobili adeguati alle esigenze e ai gusti di un canzonettaro?

Rivolse una occhiata rassicurante a Gina. «Farò del mio meglio. Appena Zennaro arriva, mandalo nel mio ufficio.»

Fu Gina in persona a condurvelo e a fare le presentazioni. Era visibilmente eccitata, come una ragazzina. «La affido alla migliore delle mie collaboratrici» squittì prima di congedarsi.

Rimasti soli, Cecilia gli indicò una poltrona e si avvicinò alla scrivania fingendo di sistemare una cartelletta. In realtà voleva spegnere il computer. In attesa del suo arrivo non soltanto aveva fatto un giro nel salone del primo piano, ma aveva cercato il sito degli Zen per sapere qualcosa di loro.

Cecilia andò a sedersi nella poltrona accanto ed esordì senza giri di parole: «Prima di parlare di mobili, dovrei sapere che tipo di casa deve arredare e su quale stile è orientato, signor Zennaro.»

«Giusto.» Le rivolse un breve sorriso e indicò il computer spento. «Sono informazioni essenziali che non è riuscita a trovare sul sito, vero, signorina Cecilia?»

*Se ne era accorto! Le stava rifacendo il verso!* «Proprio così» rispose con sussiego, dopo qualche istante di imbarazzo. «Diamoci pure del tu, se ti fa piacere. Vuoi la verità? Prima di stamattina non avevo mai sentito parlare di te e credevo che *zen* fosse una scuola di pensiero buddista.»

Il ragazzo sorrise di nuovo. «Brava! È esattamente quello che io e i miei amici intendevamo trasmettere quando abbiamo cominciato a suonare: Zen è un abbreviativo del mio cognome, ma è anche meditazione, illuminazione, trasmissione di conoscenza e di saggezza.»

Non sembrava affatto offeso e Cecilia notò solo in quel momento che nonostante il suo mestiere aveva l'aspetto di un bravo figlio di famiglia: niente jeans bucati e stinti, niente camicioni svolazzanti, niente strass.

«Finito l'esame?» la prese in giro lui.

«Stavo *meditando*, Zen» ribatté pronta.

«Il mio nome è Stefano.»

«Bene, Stefano. Adesso vogliamo parlare dei mobili che...»

«Davvero ignoravi che esistessero gli Zen?» la interruppe.

«Sono rimasta ai Pooh. Ma sicuramente ho sentito qualche vostra canzone» aggiunse volonterosamente.

«Ti farò avere il nostro ultimo cd.»

«Molto gentile. E adesso...»

«Parliamo di mobili! Sto arredando la mia prima casa e mi mancano i salotti, un grande tavolo e le sedie per la cucina, un contenitore per il soggiorno e due librerie.»

Per i finti libri rilegati in cuoio? Tenne per sé la battuta. Stava per chiedergli le misure delle stanze, ma lui la prevenne porgendole un foglietto spiegazzato. «È la piantina dei locali da arredare. L'ho fatta io, e se vuoi delle...»

«Ti stai arredando la casa *da solo*?»

«Lo faccio nel tempo libero e mi diverte. Agli inizi avevo chiesto aiuto a un architetto, ma le sue proposte mi sembravano da alieno.»

«Hai qualche idea precisa? Sui mobili che cerchi, voglio dire.»

«No. Cerco semplicemente delle cose che mi piacciano, e le idee mi vengono guardando. Questo è il quinto mobilificio che visito.»

«Spero che troverai qualcosa di tuo gusto.»

«Lo spero anch'io. Devo preparare un concerto con una registrazione dal vivo e poi saremo inchiodati in sala d'incisione.»

Cecilia si alzò. «Vieni, ti porto a vedere le cose che potrebbero andare bene per te.»

Lo guidò verso la scala che conduceva al piano superiore, dove lei era stata poco prima e dove venivano esposti quegli arredi carissimi e pacchiani, che incontravano il gusto dei nuovi ricchi ma non giovavano certo all'immagine di un mobilificio di classe. "Il piano delle vergogne" l'avevano scherzosamente ribattezzato lei e Giordano Cerri.

«Cominciamo dai salotti?» Cecilia chiese. Senza aspettare la risposta, condusse Stefano verso il primo: un enorme divano a tre posti con i tre schienali dalla forma di mano allargata, accompagnati da due poltroncine con lo stesso motivo. «Sono in pregiatissima pelle di canguro, ed eccezionalmente accoglienti. È un modello esclusivo, disegnato per noi da Nicola Vinci» Cecilia declamò.

«Disegnato con una pistola alla nuca? Durante un'allucinazione?» Stefano scherzò. Ma i suoi occhi non ridevano affatto.

«Se non ti piace, dillo e basta. Abbiamo molti altri modelli da...»

«Lascia perdere» Stefano disse dopo aver lanciato un'occhiata panoramica al reparto salotti. «Fammi vedere qualche tavolo.»

«Lo preferisci rettangolare? Rotondo? Quadrato?»

«Rettangolare, ma non stretto.»

«Ne è appena arrivato uno che potrebbe andarti bene. È solido, in legno di noce.»

«Mostramelo e basta.» Passando attraverso una serie di letti a baldacchino e di armadi in stile barocco veneziano, giunsero nell'ambiente in cui troneggiava un tavolo dalle solide gambe incurvate verso l'esterno. Cecilia si abbassò per indicargli la preziosità dell'intarsio dorato che decorava l'ansa e terminava con un ardito ricciolo.

«Anche questo è un modello esclusivo, creato da Pippo Sarti» disse rialzandosi.

Il suo sguardo incrociò quello, irato, di Stefano. «Mi stai prendendo per il culo?» ringhiò.

«Pensavo che ti piacesse» Cecilia rispose debolmente.

«Non dirmi che questa robaccia *a te* piace!»

«Io non sono una rockstar.»

«Fammi capire: *star* per te significa piscina a forma di cuore, rubinetti d'oro, divanacci osceni e tavoli come questo?»

«Guardando le vostre case sulle riviste direi che non è una...» Solo in quel momento si accorse che Gina Cerri li aveva raggiunti e si era arrestata a pochi metri da loro, come pietrificata.

Se ne accorse anche Stefano. La donna si riscosse da quella immobilità e gli si fece incontro. «Le chiedo scusa. Mi dispiace, davvero.»

«Se questi sono i suoi mobili e questa è la sua migliore collaboratrice è un problema suo e mi dispiace per lei.»

«Ma cosa dice? Mi meraviglio che Cecilia l'abbia portata qui, questi sono arredi assolutamente inadatti a una persona come lei. Venga con me, nell'esposizione del piano di sotto troverà sicuramente quello che cerca.» Lo prese per un braccio e lo sospinse, quasi, verso la discesa.

Dopo poco Cecilia li seguì e si recò direttamente nel suo ufficio. Con la coda dell'occhio vide il cantante attorniato da un capannello di persone: a quanto pareva, era la sola lì dentro a ignorare chi fossero gli Zen.

Al diavolo, pensò. Quel piccolo incidente era stato l'ennesimo fastidio di una settimana nera e ne era più innervosita che preoccupata. Lavorava con i Cerri da quasi cinque anni e, senza falsa modestia, sapeva di avere avuto un ruolo determinante nella riconversione del loro mobilificio e di essere diventata col tempo una collaboratrice praticamente indispensabile.

Era lei a scegliere i materiali, coordinare il lavoro degli stilisti, seguire i migliori clienti nella scelta dei mobili, visitare le fiere del mobile più importanti, dare gli input per le nuove tendenze che vi scorgeva. Il suo intuito non aveva funzionato con Stefano Zennaro: era certa che volesse la fotocopia della casa-mausoleo di Elvis a Memphis mentre il ragazzo si era evidentemente dato una sgrezzata scoprendo lo chic del minimalismo.

Con buona pace dei critici, gli Zen non erano i Beatles, e lei non poteva sentirsi in colpa per non conoscere le loro musiche, le loro origini, le loro preferenze. Spinta dalla curiosità, aprì il computer e tornò sul sito del complesso.

Era incredibile, come scorrere l'Enciclopedia britannica: biografia, curiosità, date dei concerti, premiazioni, video, copertine, testi delle canzoni, interviste, articoli di giornale, recensioni, fotografie, schede, messaggi dei fan...

Si soffermò su un primo piano di Stefano: *superfichissimo*. Si diceva ancora così come ai tempi del ginnasio lei e le amiche definivano Lorenzo? Capelli chiari, grandi occhi dal taglio leggermente allungato, labbra ben disegnate e denti perfetti, il ragazzo guardava davanti a sé con un'espressione sicura e incurante: quella dei maschi che non si fanno un complesso della bellezza perché sanno di possedere anche altre doti. Forse per questo lei non si era quasi accorta che fosse tanto affascinante?

Lesse le sue note biografiche: il leader degli Zen aveva venticinque anni, era nato a Biella e aveva frequentato tre anni di Economia e Commercio prima di formare il complesso e abbandonare gli studi. La passione per la musica gli era stata trasmessa dalla madre, una promettente cantante lirica che agli inizi degli anni Settanta aveva abbandonato la carriera per sposare Alberto Zennaro, il proprietario della omonima e famosa industria di tessuti.

*Mi stai prendendo per il culo?* Cecilia avvampò. Altro che "piccolo incidente"! Aveva scambiato il figlio di Zennaro per un cafone sgrezzato, trattandolo con supponenza e villania.

Devo chiedergli scusa, pensò alzandosi di scatto. E come? Dicendogli "perdonami, se avessi saputo chi è tuo padre mi sarei comportata con l'educazione che riservo ai clienti più importanti?". Tornò a sedersi. Merda, imprecò. *Non si dice, mamma!*

Sollevò il telefono e formò il numero di Carolina. «Hai notizie di Francesca?» la aggredì. Era furibonda.

## II

Quella sera, all'uscita dal mobilificio, Cecilia andò a casa di Lorenzo e Carolina per il preannunciato chiarimento. L'ira che aveva covato per tutto il pomeriggio scemò nell'apprendere che la bambina si divertiva, stava benissimo e sarebbero andati a prenderla il sabato successivo.

Carolina, con un filo appena percettibile di risentimento nella voce tranquilla, disse: «Non sono un'incosciente: prima di mandare Franci al campeggio mi sono fatta dare il numero di cellulare della responsabile del suo gruppo e ho posto come condizione di poterla chiamare almeno due volte per avere notizie».

«Questo lo apprendo solo adesso. Perché non hai dato il numero anche a me?»

«Perché, apprensiva come sei, avresti chiamato venti volte al giorno» rispose Lorenzo al posto della moglie.

«Francesca è mia figlia. Da questo momento voglio essere consultata per *tutte* le decisioni che la riguardano.»

«Anche se sei all'estero o in qualche riunione con il cellulare spento?» Ancora Lorenzo, sarcastico.

Sua moglie lo guardò con disapprovazione. «Perché dobbiamo polemizzare o cercare degli alibi? La verità è che abbiamo ceduto alle insistenze di Franci sapendo benissimo che Cecilia non le avrebbe permesso di andare in quel campeggio.»

Non sopportava quel diminutivo, *Franci*. Non sopportava di essere difesa dalla soave, perfetta Carolina. «Sabato andrò io a prenderla» annunciò secca.

«Puoi venire con noi» le sorrise lei.

«Preferisco di no. Non la vedo da dieci giorni, e desidero restare un po' sola con Francesca. Ho chiesto una settimana di ferie, e la porterò direttamente a casa mia.» Lo aveva deciso in quel momento, ma preferì metterli di fronte al fatto compiuto.

«Va bene.» Carolina, dopo qualche istante di esitazione.

«Non dovevi prendere le ferie in agosto per andare al mare con la bambina?» Lorenzo, perplesso.

«Sono molto stanca e una delle quattro settimane l'ho anticipata a luglio.»

Lorenzo si schiarì la voce. «Anche tu dovresti consultarci per le decisioni che coinvolgono Franci. Questo tuo cambiamento di programma significa che in agosto la bambina trascorrerà una settimana con noi.»

«Se vi pesa, posso...»

«Chi è in malafede, adesso? Non ci pesa affatto, ma sarebbe stato meglio saperlo prima di prenotare l'albergo e i voli di andata e ritorno per le nostre vacanze.»

Lorenzo aveva ragione e Cecilia si rese conto di comportarsi in modo irragionevole e dispettoso, come una bambina. «Lasciamo le cose come stanno» disse in fretta. «Verrò a prendere Francesca con voi e dirò ai Cerri che rinuncio ai sette giorni di luglio.» Per sua fortuna, non li aveva ancora chiesti.

«Ne sei sicura?» chiese Carolina. «Guarda che per noi non è un problema spostare...»

«Sono sicurissima.»

«E anche un po' nervosa» rise Lorenzo. L'atmosfera si era rilassata di colpo. Carolina la invitò a cenare con loro e tornò a casa a mezzanotte passata. Era stata una serata piacevole, durante la quale aveva raccontato la tremenda gaffe che aveva fatto con Stefano Zennaro. Riuscendo persino a riderne.

«Ma davvero non sapevi chi sono gli Zen?» Carolina aveva chiesto sbalordita.

«Orribile a dirsi: no!»

«Stefano è l'idolo di Franci. Vieni a vedere.» Carolina la condusse nella stanza della figlia. Sulla parete campeggiava un poster del complesso e sopra al letto la bambina aveva appeso un primo piano gigante del loro leader. Cecilia ebbe l'impressione che Stefano la guardasse con un sorriso provocatorio e irridente.

Quante cose mi sono persa di mia figlia? Quante cose ignoro di lei, dei suoi interessi, dei suoi gusti? Se lo chiese più tardi, mentre caricava la sveglia per la mattina dopo, e continuò a rigirarsi nel letto, incapace di prendere sonno.

Francesca si era legata a Carolina non perché fosse più paziente e più tenera di lei, ma perché la vedeva come la sua vera madre. D'un tratto le parve patetico quel suo strillare e smaniare per essere coinvolta in tutte le decisioni importanti: nella crescita di un figlio l'eccezionalità aveva un peso irrilevante. Quel che contava erano le piccole, banali decisioni di ogni giorno: dire sì o no, castigare o sorvolare, tacere o parlare, intervenire o farsi da parte.

Io sono la madre delle vacanze e dei giorni di festa, pensò amara. La madre che lavora e, rifiutando di colpevolizzarsi per questo, non vuole farsi perdonare con regali e concessioni e non confonde la qualità del tempo con un rapporto ludico.

Quanti no le ho detto, quanti rimproveri le ho fatto "per principio"? Cecilia se lo chiese col cuore stretto da un'angoscia crescente. Era certa che anche a Carolina capitava di sbagliare o di essere ingiustamente severa, ma come tutte le madri a tempo pieno aveva l'intera giornata per spiegarsi e rimediare. Lei no. Se durante un incontro faceva o diceva qualcosa che feriva la bambina, in quello successivo la ritrovava rigida e ostile.

*Solo tu non mi chiami "Franci", mamma. Perché?* Perché... Non riuscì a darsi una risposta.

Il suono della sveglia la riscosse da un agitato dormiveglia. Nemmeno Dario Argento avrebbe saputo ideare incubi e allucinazioni simili a quelli che lei aveva avuto quella notte. Francesca rapita, seviziata, in pericolo... Impiegò qualche istante per realizzare che lo aveva soltanto sognato. Il sollievo dilagò in lei facendo sparire ogni traccia di stanchezza.

Appena arrivò al mobilificio, andò da Gina per spiegarle con franchezza l'equivoco in cui era incorsa con Stefano Zennaro: non poteva continuare a sfuggirle né voleva guastare l'ottimo rapporto che esisteva tra loro.

Gina minimizzò l'accaduto, soprattutto perché la rockstar aveva acquistato da loro buona parte dei mobili che cercava e si era congedato da lei e dal marito con grande cordialità.

Sollevata, Cecilia andò nel suo ufficio per il primo appuntamento della mattina, con un albergatore che intendeva rinnovare gli arredi di un intero piano. Gli mostrò sul loro catalogo i tre tipi di stanza da letto che le sembravano più idonei, con le rispettive proposte di sistemazione e, dopo aver riflettuto e discusso a lungo, l'uomo optò per quella che anche lei preferiva.

Alle undici andò in falegnameria per controllare la linea di camerette in produzione e decidere le rifiniture e da lì si recò nell'ufficio di Cerri per esaminare con lui il prototipo di una libreria rotante e a forma cilindrica, arditamente ideata da Vinci.

Neppure sotto tortura lei se la sarebbe messa in casa, ma una volta esposta nel "reparto delle vergogne" sicuramente avrebbe trovato molti estimatori.

Trascorse l'intero pomeriggio con i responsabili dei reparti per programmare il rinnovo degli spazi espositivi e discutere la scelta dei mobili da ambientarvi: tutto doveva essere deciso entro una settimana, per consentire ai montatori di terminare il lavoro prima della chiusura estiva. Tra i suoi compiti vi era anche quello di curare l'oggettistica, e cioè scegliere tutto quanto occorreva per valorizzare e rendere più caldi gli ambienti. Fu una giornata di lavoro particolarmente impegnativa, ma per la prima volta Cecilia incontrò, esaminò, scelse, discusse e decise avvertendo una oscura inquietudine, come di estraneità e disagio.

Le sembrava di essere tornata al primo anno di liceo, incinta di Francesca. E alla sera, quando tornò a casa, ricadde in balia dei pensieri neri. Non è disfattismo, pensò, ma realtà: se una maternità a sedici anni non ha condizionato il mio futuro è perché non ho mai fatto la madre. Ho sacrificato Francesca prima allo studio e poi al lavoro, permettendo agli altri di occuparsi di lei. Ho una figlia che vive in un'altra casa e si rivolge a un'altra donna se sta male, se ha paura, se ha bisogno di aiuto...

Cecilia restò alzata fino alle due per il terrore che i sensi di colpa si trasformassero nuovamente nei sogni d'incubo della notte prima. *Voglio che Francesca impari ad amarmi e venga a vivere con me. Devo fare qualcosa per lei.*

Basta con i *principi* e le regole. La inonderò di giocattoli, le permetterò di ingozzarsi di caramelle e di gelati, la porterò alle giostre... Ma quali giostre? Quali giocattoli? La montata di buoni propositi si arrestò. *Francesca ha dieci anni, non è più un'infante!*

D'un tratto le venne in mente il poster di Stefano appeso sopra al suo letto ed ebbe un'illuminazione. C'era qualcosa che poteva fare, qualcosa che sicuramente avrebbe reso pazza di gioia sua figlia: accompagnarla al prossimo concerto degli Zen, quello a cui Stefano stesso aveva accennato. Bastava informarsi del luogo e del giorno. All'indomani lo avrebbe chiesto ad Alessia, la più giovane delle venditrici. Probabilmente era una fan degli Zen e poteva addirittura acquistare due biglietti per lei.

La ragazza la guardò sbarrando gli occhi come se le avesse chiesto la luna. «*Due biglietti?* Cecilia, le prevendite sono finite e non aprono nemmeno la biglietteria perché c'è il tutto esaurito da tre settimane!» esclamò.

Rendendosi conto che Cecilia non capiva, la ragazza spiegò pazientemente: «Il concerto è in teatro, non in uno stadio e i posti sono limitati. Per di più è un evento, perché gli Zen presentano tutti i brani nuovi che usciranno nel prossimo cd live».

Cecilia non si arrese. Andò in ufficio e cercò sul computer l'ordine di acquisto di Stefano Zennaro. Tutti i clienti lasciavano indirizzo e numeri telefonici per la consegna dei mobili e la rockstar non poteva fare eccezione: mettendo da parte l'orgoglio, si sarebbe scusata con lui e gli avrebbe chiesto direttamente due biglietti.

Purtroppo vide che sotto l'ordine di Zennaro compariva un nome femminile, preceduto dall'annotazione *rivolgersi a…* e seguito dal numero di un cellulare. Chiunque quella donna fosse, poteva aiutarla.

Era la sua assistente. Le rispose dopo parecchi squilli, con la voce di chi ha molta fretta, e non appena capì che cosa voleva, tagliò corto spiegando che i biglietti erano esauriti e non era autorizzata a dare i numeri privati del cantante. Sì, sì, gli avrebbe riferito il suo nome e anche il desiderio di essere contattata.

A quel punto Cecilia dovette arrendersi. Prima della partenza per il campeggio Francesca le aveva detto, in un raro momento di confidenza, che Carolina si era rifiutata di comperarle gli scarponcini come quelli che *tutte* le sue amiche avevano, gialli oppure neri, e anche i jeans con la margherita di strass sulle ginocchia.

Te li regalerò io, promise silenziosamente. Appena tornerai dal campeggio, andremo in giro per negozi e ti comprerò *tutto quello che vuoi*. E al diavolo il concerto.

Alle due, quando rientrò dalla breve pausa del pranzo, trovò sulla segreteria telefonica un messaggio. Quasi non credette alle sue orecchie. *Sono Stefano Zennaro. So che mi hai cercato e puoi richiamarmi sul telefonino.* Seguiva il numero, ripetuto due volte.

Cecilia era una di quelle persone che sapevano reagire con prontezza alle provocazioni o alla villania, ma venivano spiazzate da ogni manifestazione di apprezzamento o di cortesia, quasi se ne sentissero immeritevoli. E fu quanto provò nell'ascoltare la telefonata di Zennaro. In questo caso il disagio era motivato: dopo il modo in cui lo aveva trattato, non poteva certamente aspettarsi tanta gentilezza.

Lo chiamò prima che le venisse a mancare il coraggio di farlo. E Zennaro rispose al terzo squillo. «Sì, chi è?»

«Sono Cecilia Vitali. Scusa se...»

La voce di lui si fece subito amichevole. «Salve! L'assistente mi ha detto che mi avevi cercato e ti ho lasciato un messaggio.»

«Sei molto gentile.»

«Sono soprattutto *incuriosito*: hai trovato qualche altro mobile irresistibile da propormi?» sogghignò.

Cecilia non raccolse. «Volevo soltanto chiederti se puoi procurarmi due biglietti per il tuo concerto» rispose in fretta.

«Splendido! Gli Zen hanno conquistato una nuova fan?»

«No. Cioè sì... Insomma, ho scoperto che sei l'idolo di mia figlia e vorrei portarla al vostro concerto. Ma purtroppo non sono riuscita a trovare i biglietti.»

«Te li farò avere io.»

«Non so come ringraziarti.» Ancora una volta tanta gentilezza la spiazzò e si sentì in dovere di spiegargli perché aveva approfittato di lui. «Ho una bambina di dieci anni che...»

«Me l'ha detto la tua capa» Stefano la interruppe.

Cecilia avvampò. «Adesso capisco.»

«Che cosa?»

«In che modo Gina Cerri ha giustificato il mio comportamento e perché ti stai dimostrando così disponibile. *Abbia pazienza, signor Zennaro, quella povera ragazza è un caso pietoso e ha avuto una vita tanto difficile*» recitò in falsetto.

«La Cerri ha detto esattamente il contrario» Stefano precisò. Anche lui rifece la voce della donna: «*Cecilia ha avuto una figlia quando era ancora ragazzina, e i genitori l'hanno sempre protetta e viziata. È per questo che a volte si comporta in modo insopportabile... Ma è talmente brava che riesce a farsi perdonare tutto*. Ti sto riferendo a braccio, ma la sostanza è questa. Quanto alla mia disponibilità, vorrei sfatare un altro dei tuoi pregiudizi: i musicisti e i cantanti non sono necessariamente delle persone cafone e maleducate.»

«Colpita. Affondata» Cecilia rispose, cercando di nascondere con una battuta la vergogna che provava.

«Non volevo vincere al gioco della battaglia navale, ma solo mettere le cose in chiaro. Dove ti mando i biglietti, al mobilificio o a casa?»

«A casa, grazie...» Gli diede l'indirizzo e aspettò che ne prendesse nota. Alla fine della telefonata aveva ancora il viso in fiamme e la gola secca.

Si era appena ripresa, quando Zennaro la richiamò.

«Se sei d'accordo, avrei un'altra idea: perché non vieni con tua figlia in sala di registrazione? Alla fine dei concerti c'è un casino che nemmeno immagini, e non riusciremmo neanche a vederci.»

«Non voglio crearti un problema.»

«Ma quale problema? Faccio sempre un intervallo, e se ti va possiamo mangiare un boccone con la bambina.»

«Mangiare con Stefano degli Zen? Quando lo dirò a mia figlia, crescerò smisuratamente nella sua considerazione» Cecilia esclamò.

«Come si chiama?»

«Francesca. Adesso è in campeggio, vado a prenderla sabato.»

«Io sarò in sala d'incisione da lunedì. Fammi sapere qual è il giorno migliore per voi, e vi mando a prendere.»

Era davvero troppo. «Non serve! Posso venire con la mia macchina!» protestò arrossendo.

«Ti mando la nostra multipla, con le gigantografie metallizzate degli Zen sulle portiere. Vuoi mettere la scena? Per Francesca sarà il massimo.»

Quella sera, nel tornare a casa, Cecilia si fermò a comperare l'ultimo cd degli Zen. Gina aveva ragione, erano canzoni che aveva sentito un'infinità di volte, durante i viaggi in macchina e quando lavorava al computer con la radio accesa. *Sentito*: ma senza ascoltare le parole, senza sapere i titoli, senza conoscere i nomi dei cantanti o dei complessi.

Scoprì dall'inserto allegato al compact che autore di tutte le musiche e coautore di gran parte dei testi era Stefano.

*La colpa dell'innocenza* la colpì particolarmente: non a caso era quello che dava il titolo al disco e come lesse nell'allegato «aveva reso la nascita degli Zen un "evento" rapportabile a quella dei Beatles».

Mentre ascoltava il brano per la seconda volta, Cecilia si chiese come sua figlia potesse comprendere concetti tanto più grandi della sua età: l'innocenza confusa per il non sapere e non guardare, l'innocenza usata come alibi per non osare e non ribellarsi, l'innocenza vanamente evocata in un mondo dove l'abbiamo tolta anche ai semi, all'acqua, ai fiori, agli occhi dei bambini.

# III

Carolina era incinta: il ginecologo aveva appena confermato l'esito del test casalingo e Cecilia ne ebbe la notizia durante il breve viaggio per andare a prendere la figlia. Lorenzo disse che Francesca sarebbe stata felice di avere un fratellino.

Era il tipo di enunciazione, ovvia e superficiale, che irritava profondamente Cecilia. *Felice* senza ombre, senza gelosie, senza il timore di venire esautorata?

Quasi le avesse letto nel pensiero, Lorenzo subito aggiunse che avevano aspettato fino a quel momento soltanto per non creare problemi a Francesca. Ora la piccola era pronta: lei stessa esprimeva spesso il disappunto di essere figlia unica.

«Ti dispiace se questo fine settimana resta con noi?» chiese Carolina. «Vorremmo darle subito la notizia, e...»

«Non mi dispiace affatto» Cecilia mentì. Sarebbe stato il terzo fine settimana senza la figlia, ma si rendeva conto che quella era una circostanza particolare e suo malgrado doveva accettare. La consolò il pensiero che agosto si stava avvicinando e avrebbe avuto la figlia tutta per sé: un mese di vacanze in un villaggio turistico con animazione, spettacoli, altri bambini con cui giocare. Aveva fatto quella scelta proprio perché si divertisse.

E nel frattempo c'era il grande incontro con Stefano e gli Zen. Cecilia immaginò l'eccitazione e la gioia di Francesca per quella sorpresa. Andare in sala d'incisione con la macchina del complesso, parlare con il suo idolo, mangiare con lui: tutte le compagne di scuola l'avrebbero invidiata.

Quando furono in prossimità di Selvino, Lorenzo fermò la macchina sul bordo della strada e controllò su una piantina fotocopiata la strada per arrivare al punto circolettato in rosso. Lì si trovava Francesca. Come stava? Dopo la seconda telefonata, tutto era proseguito bene? Cecilia si vietò l'ultimo attacco d'ansia: tra meno di mezz'ora l'avrebbe rivista.

Fu Francesca a scorgerli per prima: come riconobbe la macchina di Lorenzo, lasciò l'amica con cui stava chiacchierando e si diresse, correndo, verso di loro. Gettò le braccia al collo del padre e, dopo un interminabile abbraccio, fu la volta di Carolina.

«Niente abbracci per me?» Cecilia disse con voce scherzosa. Il calore con cui Francesca si strinse a lei dissipò sul nascere la fitta di gelosia.

«Non sei arrabbiata, vero, mamma?»

«E perché?»

«Non volevi farmi venire al campeggio...»

Cecilia fece un gesto come a dire che non aveva più importanza. Era così. Il visetto abbronzato e ridente della figlia le allargò il cuore. Era anche cresciuta: e nel suo corpo ancora infantile scorse i primi segni della vicina adolescenza.

«Ti sei divertita?» chiese scompigliandole i capelli corti e ricci.

«*Tan-tis-si-mo!*» sillabò con enfasi. «Ho dormito in uno stanzone con *otto* letti e sono stata sveglia a chiacchierare con le mie amiche fino all'una e anche alle due!» confessò con una nota di sfida.

Anche questa a Cecilia sembrò un'avvisaglia delle provocazioni e delle ribellioni dell'adolescenza. Si guardò bene dal rimproverarla: in quel momento le avrebbe perdonato qualunque cosa e si rammaricò sia delle polemiche fatte con Lorenzo e Carolina sia dei propri preconcetti sugli scout.

I bambini dell'età di Francesca non dormivano in tenda, ma erano alloggiati in oratori, parrocchie, case di vacanza. Facevano pasti regolari, le escursioni e i giochi erano sorvegliati da ragazze e ragazzi molto responsabili. La stanza in cui aveva dormito era pulita e luminosa, il posto bellissimo: una casa in pietra e legno a ridosso di una chiesina, con il grande prato che terminava sulla sponda fiorita di un ruscello.

«Siamo anche andati a pescare!» Francesca non si stancava di raccontare i particolari di quelle giornate.

Mangiarono al sacco con i genitori degli altri ragazzini e nel primo pomeriggio ripartirono per Milano. Cecilia avrebbe voluto preannunciare sia a lei sia a Carolina e Lorenzo l'incontro con gli Zen, ma non le sembrò il caso di eccitare ancor più la bambina. Le avrebbe fatto una vera sorpresa, andandola a prendere per portarla direttamente in sala di incisione.

Martedì pomeriggio telefonò a Stefano. Il cellulare era staccato e gli lasciò un messaggio pregandolo di telefonarle per concordare la visita in sala di incisione. Lo richiamò subito dopo per lasciargli un secondo messaggio: se non aveva tempo o non poteva, non si preoccupasse.

Stava per uscire dall'ufficio, quando squillò il telefono. Era l'assistente di Stefano. Con voce professionale quasi stesse organizzando una tournée, le disse che l'incontro era fissato per l'indomani, mercoledì, a mezzogiorno. Una macchina sarebbe venuta a prendere lei e la figlia alle undici: poteva confermarle l'indirizzo e darle il numero di telefono di casa?

Era la stessa persona che l'aveva frettolosamente liquidata rifiutandosi sia di metterla in contatto con Stefano sia di darle il suo cellulare. L'approccio era decisamente poco cordiale ma Cecilia, mentre le dava le informazioni richieste, dovette ammettere che aveva scrupolosamente riferito al cantante la sua telefonata e il desiderio di parlare con lui. Per questo la salutò gentilmente, ringraziandola.

Ma perché Stefano non l'aveva chiamata personalmente? Questo la lasciò perplessa. Probabilmente l'invito era stato fatto seguendo uno slancio del momento, senza riflettere, e adesso gli sembrava una fastidiosa incombenza da rifilare ai collaboratori in nome della buona educazione. Era pur sempre un ragazzo che proveniva dall'Università e da una famiglia civile…

Mentre ritornava a casa, Cecilia si arrovellò nel dubbio se mandargli o no un terzo messaggio per dire "lascia perdere", "grazie lo stesso". A trattenerla era soltanto il timore (infantile! ridicolo!) della severa assistente che aveva organizzato tutto. Ma l'orgoglio prevalse. Faccio una doccia, mangio qualcosa e poi gli telefono, decise mentre saliva in ascensore.

Non ne ebbe il tempo, perché fu lui a precederla. «Tutto a posto per domani?» chiese senza preamboli.

Quel tono sbrigativo rafforzò in Cecilia il dubbio di avergli creato un problema. «Sarà per un'altra volta, non preoccuparti» disse in fretta.

«Non preoccuparmi di cosa?»

«Non sei obbligato a…»

«Cecilia, mettiamo subito in chiaro che da un bel pezzo nessuno mi *obbliga* a fare niente e decido da solo anche quali sono i miei doveri. Ma questo è un discorso troppo lungo e adesso non ho tempo di farlo perché i ragazzi mi stanno aspettando in sala di incisione. Mi fa piacere vederti con tua figlia, e ho pregato Giuliana di organizzare l'incontro perché dalle nove di stamattina questo è il primo momento libero che ho. Allora, ci vediamo o no?»

«Sì, grazie. E scusami se...»

«Di niente.» Riattaccò.

Hai fatto la figura della cretina, Cecilia si disse. Quello Zennaro aveva il potere di tirarle fuori tutti i lati peggiori: la suscettibilità, l'aggressività, e persino quel minimo di insicurezza sopravvissuto al trionfante recupero dell'autostima. Che ti importa? si disse ancora. Dopo l'incontro con Francesca sicuramente non l'avrebbe rivisto più.

Il pensiero della figlia la ricondusse alla realtà. Doveva telefonare subito a Lorenzo per dirgli della sorpresa che aveva preparato alla bambina e avvertirlo che sarebbe passata a prenderla all'indomani alle undici.

Le rispose Carolina: Lorenzo era ancora in studio. Brevemente, spiegò a lei e si irritò per tutte le domande che le fece: Stefano Zennaro? Come l'aveva conosciuto? Perché voleva fargli incontrare Franci?

«Perché come tutte le ragazzine è una fan del suo complesso! L'ho incontrato nel...»

«Franci è ancora una bambina» Carolina obiettò, interrompendola.

«Però ha il poster di Stefano Zennaro appeso sopra al letto.»

«Questo non abbiamo potuto impedirglielo. Ma non mi sembra il caso di incoraggiare certi...»

La madre sono io, Cecilia fu sul punto di replicare. Tagliò invece corto con il tono più gentile che poté: «È soltanto una sorpresa, non una rivoluzione dei tuoi metodi educativi. Ti dispiace farmela trovare pronta domattina alle undici?».

Rendere difficile il facile attraverso l'inutile. La vecchia battuta le venne in mente mentre preparava un toast. Non era quello che facevano tutti, lei per prima? Complicazioni, equivoci, falsi problemi, polemiche inutili...

Spremette due arance e, al termine della frugalissima cena, passò in soggiorno sperando che alla televisione trasmettessero qualcosa di guardabile.

Stava passando da un canale all'altro quando qualcuno suonò al citofono. Le nove: chi poteva essere, a quell'ora? Ebbe subito la risposta. «Sono Lorenzo. Posso salire?»

Premette il pulsante e aprì la porta, aspettando innervosita che l'ascensore fermasse al piano. Non era ancora finita con le polemiche e con i finti problemi? L'espressione distesa di Lorenzo e il gentile "scusami per l'ora" le fecero intuire che non era venuto per litigare.

Lo precisò lui stesso, non appena furono seduti in salotto. «È da parecchio tempo che non restiamo soli per parlare di noi, e credo che adesso dobbiamo proprio farlo.»

«Vuoi dire dopo la mia telefonata a Carolina?»

Lorenzo la guardò negli occhi. «La tua telefonata è l'ultimo segnale d'allarme di una situazione che da qualche tempo ci è sfuggita di mano. E me ne ritengo il primo responsabile.»

«Come sempre» Cecilia si lasciò scappare. Fin da quando si erano accorti di aspettare un figlio, lui si era fatto carico di tutte le colpe, i problemi, le soluzioni.

Fortunatamente parve non raccogliere il meschino commento. «Dopo il matrimonio con Carolina» proseguì con la stessa espressione amichevole «ti ho sicuramente dato l'impressione di essere meno disponibile, meno legato a te.»

«Questo non è vero!» protestò Cecilia. «È evidente che hai avuto meno tempo da dedicarmi, ma non ho mai messo in discussione il nostro rapporto.»

«Però stai mettendo in discussione quello di Francesca con me e con Carolina. È un discorso molto lungo che devo fare una volta per tutte, e parte dal giorno in cui ho portato la bambina a vivere con me e con mia moglie. Non poteva crescere viziata e iperprotetta da quattro nonni, e tu stessa ti mostrasti molto sollevata di saperla con me.»

«Avrei dovuto lasciarla tutto il giorno a una domestica, oppure fare la madre a tempo pieno diventando una mantenuta a vita: dei miei genitori, tua, di...»

«Non ho mai pensato, nemmeno per un istante, che tu mi affidassi la bambina per egoismo, per disinteresse o per scarso affetto. Né ho scordato un solo istante che sua madre sei tu.»

«Chi lo scorda è tua moglie. E da qualche tempo lo fa in modo sempre più scoperto, decidendo e pontificando in modo quasi offensivo.»

Lorenzo sospirò. «Nonostante la stima e l'affetto che hai per lei, sei spesso ostile nei suoi confronti: non è un rimprovero, ma una constatazione. Hai per mia moglie dei sentimenti ambivalenti che sono comprensibili, naturali.»

«Risparmiami questa psicologia da manualetto. La verità è che Carolina tende sempre più a escludermi dalla vita di mia figlia. Ha sposato il ruolo di grande madre e con la nascita del bambino sarò del tutto emarginata dalla vostra bella famiglia.»

Lorenzo sospirò di nuovo. «Sei ingiusta. Carolina ama Francesca come se fosse sua, ma non puoi farle una colpa di questo. Avresti preferito che la trattasse come una matrigna, con gelosia o con distaccato senso del dovere?»

«Stiamo dicendo due cose diverse. Sono *felice* che la ami come una madre, ma *non sopporto* che tratti me come se fossi un elemento di disturbo nei suoi metodi educativi. Lo ha fatto anche un'ora fa, quando le ho telefonato per...»

«So tutto, Cecilia.»

«Sai solo quello che ti ha detto o vuole farti credere lei, come sempre! Non vedo che cosa ci sia di esecrabile se porto Francesca a un incontro con gli Zen!»

«Francesca è ancora una bambina, e...»

«Lo vedi? Ripeti persino le stesse parole.»

«Vuoi lasciarmi finire?» Lorenzo si spazientì. «Francesca è una bambina sveglia, curiosa, piena di interessi più grandi dei suoi dieci anni. Ma esprime questa sua precocità anche con richieste e comportamenti che non vanno assolutamente incoraggiati.»

Cecilia si fece d'un tratto attenta. «Per esempio?»

Lorenzo abbozzò un sorriso. «Il modo di vestire: se lasciassimo fare a lei, andrebbe in giro conciata come una rockstar e con un anello al naso! Alla passione per le Barbie è subentrata quella per i videogiochi, per i giornaletti che regalano i tatuaggi, per i divi della canzone. Aggiungi a tutto questo una natura molto esuberante. Non voglio che diventi un'adolescente frivola, incosciente o spericolata.»

«Ma lo eravamo anche noi!» Cecilia esclamò.

La luce divertita sparì dallo sguardo di Lorenzo. «Noi non possiamo certamente proporci come modello. L'ultima cosa che vorrei è ritrovarmi con due figli adolescenti come eravamo io e te.»

«Hai ragione. Ancora una volta mi sono distinta per cecità e idiozia. Da brava madre assente né avevo capito...»

«Smettila di colpevolizzarti! Sono passati undici anni da quando siamo partiti per la vacanza in Scozia, e non siamo più gli adolescenti di allora. Per quanti anni ancora continuerai a punirti, a percuoterti il petto, a sentirti spaventata e immeritevole?» La veemenza di Lorenzo si smorzò in un sommesso accento di sofferenza. «C'ero anch'io quando abbiamo concepito un figlio, ma da quel nostro comportamento irresponsabile è nata Francesca e da allora sono cresciuto e ho smesso di sentirmi in colpa. Non sopporto di vederti ancora sola e nemmeno di convivere con il dubbio chc la tua vita di donna sia cominciata e finita in quelle quattro settimane di vacanza.»

«Non posso passare da un'avventura all'altra per tranquillizzarti. E non sono la sola ventisettenne che non ha ancora trovato l'uomo giusto.»

La guardò serio. «Lo stai cercando?»

«Non è una caccia al tesoro» scherzò ricambiando il suo sguardo. «Seriamente, non devi preoccuparti per me. Per quanto riguarda Francesca, non farò più nulla per assecondare certi suoi interessi.»

Per la verità chiedere un incontro con gli Zen era stata la prima cosa "frivola" che aveva fatto per sua figlia e le dispiaceva, a quel punto, mostrarsi maleducata mandando a monte quanto Stefano Zennaro aveva tanto gentilmente organizzato.

Lorenzo si alzò. «Si è fatto tardi e le mie donne mi stanno aspettando.» Si alzò anche Cecilia, e lui la abbracciò affettuosamente. «Dovremmo vederci più spesso, queste chiacchierate sono molto utili.»

Non a me, Cecilia pensò rientrando in casa. Quella "chiacchierata" aveva acuito la consapevolezza della propria solitudine. *Le mie donne...* Io non sono la donna di nessuno. Non ho amici, passo le serate in casa leggendo o lavorando, alla tv guardo i telegiornali e i documentari, vado al cinema soltanto per accompagnare Francesca, ignoravo persino chi fossero gli Zen...

*Ma stai bene così.* Era vero. Non si sentiva né frustrata né depressa perché era una sua scelta. Negli ultimi mesi aveva incontrato parecchi uomini liberi che sarebbero stati felici di portarla a cena o a letto senza escludere sviluppi più impegnativi, ma era lei a non sentirne il desiderio.

*Sono io a non voler diventare la donna di nessuno.* Ecco, la cosa più malinconica era proprio questa: undici anni dopo l'attesa di Francesca, era definitivamente diventata una ventisettenne *diversa* da tutte le coetanee. L'unico uomo che avrebbe potuto amare era Lorenzo: ma lo amava come un fratello.

## IV

Francesca le fece la prima telefonata alle nove del mattino. «Papà ha detto che stamattina vieni a prendermi per farmi conoscere gli Zen. È vero?» chiese incredula.

«Sì. È vero.»

«Vedrò anche Stefano Zennaro?»

«È stato proprio lui a invitarci.» Ricordando il discorso fatto con Lorenzo, si sentì in dovere di ridimensionare quell'incontro che, chiaramente, la bambina si apprestava a vivere come un miracolo o un evento. «Stefano è una persona normale, molto gentile e disponibile. Nonostante il successo, è il primo a sapere di non essere un...»

«È il cantante degli Zen, mamma!»

«Appunto. Un *cantante*, non uno scienziato o il Papa.»

«Sì, sì, va bene.»

A Cecilia parve di vederla, con le labbra piegate all'ingiù in quella smorfietta con cui sempre esprimeva disapprovazione o noia. Il pistolotto educativo le apparve d'un tratto ridicolo. «Fatti trovare pronta, passo a prenderti alle undici.»

La seconda telefonata della figlia arrivò alle undici e

dieci, quando Cecilia stava ancora aspettando la macchina degli Zen e cominciava a preoccuparsi per il ritardo. «Mamma, io sono pronta» la bambina disse.

«Tra un quarto d'ora sarò lì, stiamo partendo!» rispose pronta: proprio in quel momento aveva sentito suonare al suo citofono.

Francesca era già in attesa davanti al portone, con Carolina, e come vide la macchinona del complesso ebbe una espressione di rapimento pari all'imbarazzo con cui poco prima lei vi era montata: sembrava un altare viaggiante degli Zen.

Non ebbe il tempo di scendere perché erano in ritardo, e il ragazzo alla guida dava visibili segni d'impazienza. Cecilia si limitò a salutare la moglie di Lorenzo con un gesto affettuoso della mano e, mentre la bambina prendeva posto accanto a lei, apprezzò che l'avesse lasciata libera di vestirsi come voleva per non guastare quella giornata con discussioni inopportune. Francesca si era messa addosso tutto il peggio di quanto fosse riuscita a farsi comperare: un top rosa con frangia di perline, pantaloni a scacchi multicolori e sandali dorati con la suola ortopedica trasparente.

Anche lei si astenne da ogni commento: adesso capiva che era stato uno sbaglio organizzare quell'incontro: ma proprio perché non ve ne sarebbero stati altri, tanto valeva che la bambina se lo godesse. Attraverso le sue domande incuriosite e incessanti Cecilia apprese che il ragazzo al volante si chiamava Ivan, che aveva fatto il tassista e che era di Biella come Stefano, Piero, Enrico e Umberto, i componenti del complesso. No, nessuno dei ragazzi era fidanzato o sposato.

«E Glenda?» la bambina chiese. «Non è la ragazza di Stefano?»

Cecilia, sorpresa, prevenne la risposta. «Ma come fai a sapere tutte queste cose?»

«Mamma, le sanno tutti! Glenda era la corista degli

Zen e anche se adesso canta da sola, continua a vedersi con Stefano.»

Ivan rise. «Non più. Glenda è tornata in Brasile.»

«Questo non vuol dire niente, il mese scorso lui è andato a cantare a Rio e ho visto le loro fotografie sui giornali» Francesca puntualizzò.

Ivan rise di nuovo. «Tua madre ha ragione, sei una piccola fan molto informata!»

«Mi piacciono anche Laura Pausini e Nek» ribadì con sufficienza, come a fargli capire che di musica se ne intendeva e non era la solita "fanatica".

Il ragazzo annuì in segno di approvazione e imboccò una strada lunga e stretta tra due file ininterrotte di palazzine. «Siamo arrivati» disse. «La sala d'incisione è nella prima traversa a sinistra.»

Si trovavano alla periferia di Cologno Monzese, poco distanti dagli studi televisivi dove due anni prima Cecilia si era recata per seguire la registrazione di uno spot pubblicitario del mobilificio Cerri. Ivan abbassò il finestrino e disse all'uomo di guardia che si era sporto dal suo gabbiotto: «Sto portando due ospiti dagli Zen».

La sbarra si alzò e nel momento di scendere dalla macchina Cecilia vide la figlia esitare. Ivan le condusse in una saletta sommariamente arredata con due vecchie poltrone in pelle nera, un tavolino di cristallo ricoperto di riviste e sedie sistemate alla rinfusa contro le pareti: «Vado a avvertire Giuliana che siete arrivate» disse allontanandosi.

Cecilia ricordò che quello era il nome dell'assistente. Invitò Francesca a sedersi accanto a lei, prevedendo un'attesa piuttosto lunga. Tutta l'eccitazione di sua figlia era sparita e adesso sembrava una scolaretta in attesa di sostenere il primo esame. Per l'ennesima volta Cecilia imprecò contro se stessa: che razza di "sorpresa" aveva voluto farle? Adesso la riporto a casa.

Ebbe appena il tempo di formulare questo pensiero:

una donna entrò nella saletta e le tese la mano con un sorriso cordiale. «Sono Giuliana. Bene arrivata» soggiunse rivolgendosi a Francesca.

Cecilia ricambiò il sorriso sperando di non far trapelare la propria sorpresa: era certa che l'assistente degli Zen fosse la solita ragazza efficiente e spocchiosa. E invece si trovava di fronte una donna sulla quarantina dalla semplicità disarmante. Il viso senza trucco, dai lineamenti minuti, era illuminato da due grandi occhi neri e attenti.

Distolse in fretta lo sguardo, certa che si fosse accorta di essere osservata, e disse alla figlia: «Non saluti la signora?».

«*Giuliana*» corresse la donna.

«La credevo diversa» a Cecilia sfuggì.

«Diamoci pure del tu. Al telefono sono sempre sbrigativa e truce, perché passo metà della giornata a difendere gli Zen dall'intraprendenza delle ragazzine e l'altra metà a lottare contro il tempo per risolvere in due minuti cose che richiederebbero due ore.» Prese per mano la bambina. «Vogliamo salire da Stefano? Se non ha ancora finito, lo aspettiamo davanti alla sala di registrazione.»

«Devo venire anch'io?» Cecilia chiese.

«Certo. All'ultimo piano c'è anche la tavola calda, e ho fatto preparare un tavolo per voi tre.»

Come scesero dall'ascensore, videro in fondo al corridoio Stefano e i ragazzi del complesso. Erano in piedi e stavano parlando. Giuliana prese nuovamente la bambina per mano. «Andiamo» la invitò dirigendosi verso di loro.

Anche Stefano le vide. Rivolse un gesto di saluto a Cecilia e, staccandosi dal gruppo, andò incontro a Francesca. «Ecco la mia amica!» esclamò con calore. La sottrasse alla mano dell'assistente e si avvicinò nuovamente ai colleghi. «Li conosci, vero? Sono Piero, Enrico e Umberto.»

La bambina, ormai paralizzata dalla timidezza, abbozzò un cenno d'assenso a testa bassa e sembrò sollevata quando i ragazzi si allontanarono dopo una pacca sulle spalle e un "ci vediamo dopo, eh?".

Stefano le strizzò l'occhio con espressione complice. «Li ho mandati via io per stare più tranquillo con te.»

L'assistente aveva fatto apparecchiare in una saletta privata e dalla vicina mensa erano già arrivati i piatti ordinati: cotolette con le patatine, insalata mista e dolcetti assortiti.

Cecilia si sedette accanto alla figlia e Stefano davanti a loro: dando prova di grande tatto finse di ignorare il disagio di Francesca ed evitò di rivolgerle delle domande dirette o di invitarla a dire qualcosa. Fu lui a parlare: della nascita del gruppo, del primo concerto, delle divertenti disavventure della prima tournée. E finalmente la bambina cominciò a rilassarsi. Dopo un quarto d'ora era tornata la decenne curiosa, vivace e ciarliera di sempre e cominciò a tempestare il suo idolo di domande: non litigava mai con Piero, Enrico e Umberto? Chi dei tre gli era più simpatico? Perché lavoravano in sala d'incisione se il disco conteneva canzoni già registrate dal vivo?

E Stefano diede tutte le risposte senza mostrare alcun segno di fastidio: andava d'accordo con tutti e tre, ma il suo vero amico era Enrico perché si conoscevano fin dagli anni delle elementari. Le uniche discussioni avvenivano quando avevano idee diverse per la scelta di un brano, per un arrangiamento, per una esecuzione. In quei giorni stavano lavorando molto, proseguì a spiegare, perché le canzoni registrate dal vivo, durante un concerto, spesso non erano tecnicamente perfette e andavano corrette, "ripulite" da distorsioni o rumori di fondo.

Più tardi, quando ebbero finito di mangiare, Stefano le condusse in sala d'incisione e mostrò alla bambina quanti "miracoli" si potevano fare con le apparecchiature elettroniche: Francesca restò a bocca aperta di fronte a quella distesa di tasti. «Servono proprio tutti?» chiese esterrefatta. «E tu e i ragazzi li sapete usare?»

Stefano rise. «No. Sappiamo soltanto il risultato che

vogliamo ottenere, e spesso discutiamo anche con il "padrone" di queste apparecchiature perché non è d'accordo con noi.»

Continuava a rispondere alle sue domande con parole semplici, senza mostrare alcuna fretta. Alle due e mezzo i suoi amici tornarono per riprendere il lavoro e misero la loro firma sotto il poster del gruppo che Stefano le aveva appena regalato. Francesca ebbe in dono anche le loro magliette e una videocassetta dell'ultimo concerto.

La lunga mattinata era finita e Giuliana venne ad avvertire che Ivan stava aspettando per riportare madre e figlia a casa. Stefano le accompagnò fino all'ascensore e, dopo aver abbracciato Francesca, si rivolse a Cecilia: «Scusa se ti ho trascurato, ma non eri tu la mia fan!» la prese in giro.

«Grazie lo stesso. E di tutto.» Di essere stato così disponibile, di aver capito mia figlia, della sensibilità e del tatto con cui hai saputo metterla a suo agio, avrebbe voluto aggiungere. Le portiere dell'ascensore si chiusero. Gli scriverò due righe per dirglielo, si ripropose. «Grazie anche a te» disse a Giuliana nel momento di congedarsi da lei.

Ivan mise in moto. Oltre la sbarra si erano formati due capannelli di ragazze e ragazzi che, alla vista della macchina, lanciarono un urlo di entusiasmo e cominciarono a gridare i nomi degli Zen. Ivan si sporse dal finestrino: «Calmi, non sono qui».

Cecilia si vide scrutare da decine di volti delusi e incuriositi. Ivan ripartì in fretta. «Stasera ci metteremo due ore a uscire» borbottò.

«Come fanno a sapere che gli Zen sono qui?» Francesca chiese incuriosita.

«Bella domanda, ragazzina. È come un tamtam, sanno sempre dove vanno e corrono a appostarsi come mosche.»

Il giorno seguente Cecilia seppe da Lorenzo che la loro figlia aveva scritto una lunga lettera a Stefano mandandogli un suo disegno in regalo. «La passione per gli Zen è salita alle stelle e nella sua stanza campeggia un nuovo poster» commentò con voce neutra.

«Non succederà più.»

«Non intendevo polemizzare. L'altra sera ho fatto un discorso per principio e adesso ti ho chiamato soltanto per dire che la bambina è entusiasta dell'incontro con Stefano e il suo gruppo. Da quanto ho capito, non sono ragazzi fanatici o montati.»

«No. Ma il tuo discorso *per principio* era giusto, e non ci saranno altri incontri.» Alla fine della telefonata decise che non era il caso di mandare un biglietto per ringraziare, visto che lo aveva già fatto sua figlia.

Tre giorni dopo fu la bambina, tutta eccitata, a chiamarla: Stefano le aveva mandato a casa un altro regalo: *divino*, un moog! Bastava premere la tastiera e sembrava di suonare accompagnati da un'intera orchestra! *Tantissime* orchestre!

Alla fine della telefonata Cecilia recriminò con tutta se stessa di non avere un'amica sulla quale scaricare dubbi e interrogativi aspettando un aiuto per cercare le risposte: dato per scontato che Stefano non poteva certo dedicare tante attenzioni a tutte le ragazzine, perché lo faceva proprio con Francesca? Non per un sentimento d'amicizia nei confronti della madre, che aveva incontrato una sola volta e in modo decisamente sgradevole. Non per trarne qualche vantaggio, considerato che lei non era né una discografica né una donna di potere. Non per punirla o mortificarla con uno sfoggio di grandiosa superiorità, dal momento che l'equivoco era stato chiarito e lui non sembrava certo il divo suscettibile con l'Ego ipertrofico. E allora, perché?

A quel punto, di una sola cosa era sicura: doveva ringraziarlo.

Ma in che modo? Farlo a voce la imbarazzava, e inoltre non voleva dargli l'impressione di essere invadente e di aver trovato un pretesto per agganciarlo di nuovo. Prese foglio e penna e gli scrisse due righe spiritosamente, ma con distacco: *Non ero una fan del tuo complesso, ma lo sono diventata della tua gentilezza. Grazie per mia figlia e per l'ottimo ricordo che avrò del nostro incontro.* Mise la lettera tra la posta in partenza del mobilificio, indirizzando presso la casa discografica.

La domenica successiva lesse su un giornaletto che Francesca aveva portato con sé che gli Zen, rientrati da due concerti all'estero, stavano per iniziare un breve tour estivo in Italia. L'articolo era corredato da una foto del leader con Glenda, scattata durante la festa per il diciannovesimo compleanno dell'ex corista.

*Diciannove anni.* Gesù, e io come sono arrivata a ventisette? La figlia le impedì di approfondire la malinconica considerazione.

«Mi sto annoiando, mamma» enunciò perentoriamente. Era il ritornello di tutti i loro fine settimana insieme, preannuncio di lamentele che conosceva a memoria: non so che cosa fare, uffa che barba, sono stufa dei cartoni.

Durante tutto il tempo lei si prodigava per intrattenere la figlia, portandola al cinema o ai giardini e passando ore interminabili a ritagliare, cucire, disegnare, pitturare, giocare a rubamazzetto o a dama o a Scarabeo. Si divertiva anche lei. Stare con la figlia era la cosa più gratificante ma allo stesso tempo più estenuante perché Francesca non le dava un attimo di tregua. Come rispondeva al telefono o gettava un'occhiata ai giornali o prendeva semplicemente una piccola pausa, ecco il perentorio *mi sto annoiando, mamma.*

«Ma Carolina sta tutto il giorno con te?» Cecilia sbottò quel giorno.

«No, ma a casa ho i miei giochi e poi devo anche fare i

compiti per le vacanze. Io vengo qui per divertirmi» fu la risposta.

Forza, mamma ludica. «Vogliamo preparare una torta o i biscottini?» propose. Francesca adorava cucinare quanto lei detestava ritrovarsi con stoviglie appiccicose e farina sparsa ovunque. Ma per divertirla, questo e altro.

Lorenzo venne a prendere la bambina alle sette e mezzo e quella domenica Cecilia provò, oltre alla solita amarezza per il distacco, anche un acuto senso di colpa per il suo scatto di nervi. A consolarla fu il pensiero delle vacanze: tra poco avrebbe avuto Francesca tutta per sé, un intero mese in cui riposare e farsi perdonare.

Stefano Zennaro le telefonò a casa la sera prima della partenza, quando ormai dava per scontato che non si sarebbero più visti né sentiti.

«Ciao, sono Stefano. Lo sai quante lettere arrivano ogni settimana alla mia casa discografica?» esordì.

Cecilia impiegò qualche istante per riprendersi dalla sorpresa. «Centinaia, immagino. Ma non capisco...»

«Di' pure *migliaia*. Soltanto per un caso ho trovato il tuo biglietto.»

«Volevo ringraziarti per...»

«Avevi perso il numero del mio cellulare?»

«Non volevo configurarmi la classica fan attaccaticcia e invadente» Cecilia confessò con voce leggera.

«Il tuo biglietto è una conferma del contrario. Grazie, tanti saluti e ognuno per la sua strada.»

«Non intendevo essere maleducata.»

«No, volevi solo prendere le distanze dal... Lasciamo perdere» disse amaro.

Era offeso. Cecilia ammutolì per lo stupore: l'idolo

delle ragazzine si stava comportando come se tenesse davvero a lei. *Non montarti la testa, è offeso soltanto perché non gli sei caduta ai piedi. E gli interessi perché eri la sola che ignorasse l'esistenza degli Zen, una marziana.*

«Sei ancora lì, Cecilia?»

«Sì.» Dopo l'illuminante scoperta della verità, disagio e dubbi erano spariti di colpo. «Hai ragione tu, con il mio biglietto volevo farti capire che dopo quell'incontro non ce ne sarebbero stati altri» disse decisa.

«Ti faccio così schifo?»

«Tutt'altro! Sei semplicemente una persona che vive in un mondo distante anni luce dal mio. Non vedo come o dove potrebbe capitare di rivederci.»

«Se il problema è questo, prendo la mia navicella spaziale e ti raggiungo dove decidi tu.»

Dalla sua voce era sparita ogni amarezza e questo accrebbe l'irritazione di Cecilia. Chiarito l'equivoco, il divo partiva baldanzosamente all'attacco. «Perché mi hai telefonato?» gli chiese brusca.

Una brevissima esitazione. «Se vieni a cena con me, te lo spiego a voce.»

«È tardi. Francesca dorme e sto andando a letto anch'io.»

«Va bene domani sera?»

«Domani partiamo per Ostuni e *non va bene* nemmeno al mio ritorno.»

«Rispondi così a tutti gli uomini che ti invitano a cena?»

«Stefano, non fingere di non capire. Ho esaurito la mia dose di casini a sedici anni, perciò gira alla larga da me. Se hai voglia di un diversivo o di una botta di sesso, hai legioni di…»

«Voglio solo rivederti.»

«Scordatelo.»

## V

20 agosto. Sfogliando l'agenda per controllare le località degli ultimi concerti, Stefano vide campeggiare in cima alla pagina l'inconfondibile grafia di Enrico: *Ricordati che oggi è il compleanno di tuo padre*.

Il moto d'irritazione si trasferì in pochi istanti dall'amico alla madre: dopo oltre un anno non demordeva ancora dal ruolo di paciera e da qualche mese aveva coinvolto anche Enrico. Convinta che bastasse un *piccolo gesto* per riportare la pace in famiglia e che toccasse a lui, il figlio, compierlo, ne aveva via via suggerito le occasioni ideali: dopo Natale, Capodanno, Pasqua e il ventisettesimo anniversario di nozze, adesso ci provava con il compleanno.

Tanti auguri cavalier Zennaro, Stefano disse con silenzioso sarcasmo. Sua madre rifiutava di capire che i rapporti con suo padre non si erano spezzati per la violenza dell'ultima lite. Quello era stato lo scontro di due persone da tempo divise da un muro e ormai incapaci di parlare se non per scagliarsi verità micidiali.

Il cavalier Zennaro considerava l'unico figlio il fallimento e la vergogna della sua vita. Abbandonare l'Università e il futuro nell'azienda di famiglia per fondare un complesso? Una scelta da imbecille, da illuso, da zingaro. Stefano gli aveva urlato che soltanto la pietà gli impediva di disprezzarlo: quell'azienda era stata il cimitero della giovinezza e degli affetti del Cavaliere e, a poco più di cinquant'anni, era vecchio, morto! Non gli avrebbe permesso di cannibalizzarlo come aveva fatto con la moglie, costretta a lasciare successo e carriera per avere l'onore di diventare una Zennaro e farsi soffocare con lui da una montagna di stoffe!

Chiamare il complesso con una contrazione del prestigioso cognome, Zen, era stato un modo scientemente crudele per umiliarlo. Adesso non provava più né rabbia né rancore. Caduto quel muro, si era spalancato tra lui e il padre il baratro dell'indifferenza. Il suo solo rapporto con la famiglia era rappresentato dalle telefonate che periodicamente faceva a sua madre, tagliando corto nel momento in cui iniziavano le supplici richieste del *piccolo gesto*.

E così, adesso, toccava a Enrico fare da portavoce. "Non posso rifiutarmi: tua madre mi conosce da una vita, e sono in debito con lei di tredici anni di merende", l'amico aveva messo in chiaro. Tredici anni. Dall'inizio delle elementari alla fine del liceo erano stati inseparabili, condividendo anche la comune passione per la musica. Si erano separati soltanto negli studi, con la scelta di due facoltà diverse, ma al terzo anno avevano preso la stessa decisione: abbandonare l'Università per seguire quella che ormai sentivano come una irrinunciabile vocazione.

Anche i genitori di Enrico, entrambi medici ospedalieri, avevano reagito male: era l'ultimo di quattro figli, tutti laureati, e non riuscivano a scorgere alcun futuro nella sua passione per la chitarra. Ma la famiglia di Enrico, pur benestante e borghese, non aveva un cognome famoso né una azienda prestigiosa da tramandare: nessuno si era sentito oltraggiato o tradito, e l'opposizione si era limitata e un invito a riflettere, a prendere tempo. Alla fine si erano arresi alla volontà del figlio e l'arrivo dei primi successi li aveva rassicurati e persino gratificati.

Piero e Umberto erano stati in questo senso i più fortunati, perché provenivano da famiglie il cui unico problema era arrivare alla fine del mese. A diciotto anni già vivevano fuori casa e si mantenevano con la musica. Il loro patrimonio era il talento: prima della nascita degli Zen, Umberto faceva il pianista in una orchestra jazz e Piero era il batterista, frustrato e furioso, di un complessino che non riusciva a decollare.

Stefano ed Enrico li avevano persi di vista dagli anni delle medie e un casuale incontro si era rivelato la fortuna di tutti. L'affiatamento professionale quasi sempre appianava le diversità che esistevano tra loro. Stefano capiva che, per due ragazzi cresciuti in un caseggiato periferico e con una dura gavetta alle spalle, il danaro era un mezzo per vivere finalmente alla grande e inseguire tutti gli status symbol dei nuovi ricchi. Il vivere alla grande includeva indossatrici, ballerine, coriste, cantanti, attrici: e Stefano capiva anche questo. Lui stesso aveva avuto una storia con una delle coriste che agli inizi si esibivano con il loro gruppo.

Quello che lo faceva infuriare era il cinismo e la rozzezza con cui si comportavano con le adoranti ragazze in attesa del loro passaggio o di un autografo. Piero e Umberto sapevano bene che il carisma dei divi aveva la potenza di un bazooka, e se ne servivano anche per colpire nel gruppo, mirando le più belle. Questo indignava anche Enrico, ed era causa di discussioni interminabili.

"Per loro è come vincere a Miss Italia!" si difendeva Piero. "Gli facciamo vivere una esperienza da raccontare ai nipoti", rincarava Umberto.

Era incredibile che due musicisti capaci di giocare con le sette note trasformandole in virtuosismo, raffinate composizioni e magia, potessero poi agire come animali. "Rimorchiare", "sbattere", "farsi": il loro lessico amoroso era questo, e il meglio delle donne, rigorosamente giovanissime, erano tette, culi e cosce lunghe.

"Vuoi farti la madre o la pargoletta?", aveva sghignazzato Piero quando Cecilia e la figlia erano venute a trovarli in sala d'incisione. Stefano si era allontanato senza rispondere, facendosi violenza per non spaccargli i denti. La battutaccia confermava comunque che con il suo intuito animalesco Piero aveva fatto centro: Cecilia non gli era indifferente. Enrico, l'amico del cuore, si era avvicinato ancor più alla verità: "Ti ha stecchito con la sua indifferenza".

Il primo impatto, al mobilificio, era stato proprio questo: incredulità, divertimento, piacevole sorpresa. Finalmente una ragazza che non sgranava gli occhioni davanti alla star e ignorava persino di avere davanti a sé il figlio dell'industriale Zennaro. Ma poco dopo, mentre Cecilia lo guidava nella scelta dei mobili illustrandogli con professionalità i "pregi" di quelle orrendezze, l'ira aveva travolto la piacevolezza dell'incontro: quella ragazza, ottusamente prevenuta sul mondo della canzone, dava per scontato che lui fosse una persona priva di gusto, un cliente a caccia di arredi vistosi e pacchiani.

Era questa l'impressione che suscitava? Si era sentito ferito, e non soltanto furibondo, per la superficialità e l'ingiustizia di un simile atteggiamento.

La proprietaria del mobilificio si era scusata, ma senza esprimere la disapprovazione che si sarebbe aspettato. "Cecilia è fatta così", aveva detto, col tono di enunciare una realtà immodificabile.

"E lei lo accetta?"

A quel punto la donna gli aveva spiegato che cinque anni prima Cecilia si era ritirata dall'Università per cominciare a lavorare con loro rivelandosi una collaboratrice eccezionale: instancabile, rigorosa, intelligente, creativa.

Stefano, suo malgrado colpito, aveva interrotto l'entusiastica sequela di aggettivi. "Forse il suo limite è la scarsa psicologia!"

"A volte è più cocciuta di un mulo, ma tutti i nostri clienti vorrebbero essere seguiti da lei. Nonostante abbia un caratteraccio, sa essere adorabile. Il suo vero limite è la vita che fa. Per lei ci sono soltanto la figlia e il lavoro e proprio per questo è così puntigliosa, così rigida."

E qui la proprietaria del mobilificio gli aveva spiegato, con grande naturalezza, che Cecilia aveva avuto una bambina a poco più di sedici anni.

La donna aveva risposto alle sue domande dimostrando un autentico affetto per lei.

No, non si era mai sposata. I genitori? Due brave persone da cui era stata aiutata e protetta, ma forse anche colpevolizzata perché non era certo normale che una ragazza della sua età conducesse una esistenza da monaca. *Infelice* Cecilia? Al contrario: esuberante, ottimista, piena di grinta.

Tutto questo aveva confermato la prima impressione di Stefano: si era imbattuto in una ragazza diversa da tutte le altre. Ma dopo i particolari appresi si era vietato di andarla a salutare e a chiederle scusa per la sfuriata che le aveva fatto: meglio troncare sul nascere una attrazione che avrebbe soltanto creato problemi. A entrambi.

Ma era stata lei a cercarlo: e quando la sua assistente gli aveva riferito che una certa Cecilia Vitali voleva mettersi *urgentemente* in contatto con lui, si era affrettato a telefonarle. Mentre formava il suo numero si sentiva emozionato come un adolescente alla prima cotta e nell'udire la sua voce aveva avvertito un tuffo al cuore.

In pochi istanti, tutti i meccanismi di autodifesa erano stati cancellati dalla voglia di rivederla e aveva organizzato l'incontro in sala d'incisione con l'identico stato d'animo della prima audizione. Si sentiva impaurito, eccitato, smanioso di farle colpo.

Enrico era stato il solo a capire tutto questo, e il solo a

cui avesse confessato l'incredibile verità: si era innamorato a prima vista di una ragazza. Gli aveva raccontato tutti i particolari del loro primo incontro e, quasi a voler spiegare all'amico e a se stesso che non si trattava di una attrazione irrazionale o capricciosa, si era dilungato nel descrivergli l'*eccezionalità* di Cecilia.

"Ti sei innamorato di lei o della sua storia?" aveva chiesto alla fine Enrico. *Di lei*. La risposta se l'era data dopo averla incontrata per la seconda volta con la figlia: estasiato dal suo viso intelligente e attento, toccato dalla profondità del suo amore materno, colpito dalla grazia dei suoi gesti. Non era soltanto la ragazza combattiva e severa descritta dalla padrona del mobilificio, ma una persona che trasmetteva calore e gentilezza.

In un soprassalto di scrupolo si era imposto di non accelerare i tempi: l'avrebbe chiamata al ritorno dalla breve tournée all'estero. Nel frattempo, seguendo uno slancio istintivo, aveva mandato a Francesca un moog. Subito se ne era pentito: "Aggira la madre se vuoi la figlia", era il motto di Piero. E se Cecilia avesse frainteso, vedendo in quel regalo proprio un modo rozzo e scontato per arrivare a lei?

La realtà si era rivelata ancor più umiliante. No, Cecilia non aveva affatto frainteso perché certi sospetti meschini non appartenevano alla sua natura: semplicemente, lo aveva respinto. Ai suoi occhi Stefano Zennaro poteva essere soltanto fonte di casini, la rockstar che da una ragazza, anzi, da decine di ragazze, cercava soltanto la botta di sesso o il brivido dell'ennesimo amorazzo al volo. Come poteva essere così prevenuta?

"Forse ha soltanto paura", era stato il commento di Enrico.

"E di che cosa?"

"Di innamorarsi di un divo della canzone."

"Lavorare nello spettacolo significa essere inaffidabili e incapaci di sentimenti?"

"Pensa a Piero e a Umberto!"

"Io penso che è un pregiudizio offensivo generalizzare. E non credo affatto che Cecilia abbia paura di innamorarsi di me: vuole soltanto prendere le distanze da una persona che secondo lei appartiene a una fauna diversa, pericolosa."

"Non ti conosce abbastanza per distinguere."

"E non mi conoscerà mai! Trovo umiliante la sola idea di dover spiegare che sono un ragazzo normale."

Enrico aveva scosso la testa. "A questo punto o scordi il tuo orgoglio o scordi lei."

A ventidue giorni dalla telefonata con cui Cecilia lo aveva definitivamente respinto, Stefano non aveva ancora deciso. Il 29 agosto, come l'agenda gli aveva confermato, sarebbe stato a Taranto per l'ultimo concerto dell'estate e Cecilia stava trascorrendo a Ostuni, poco distante, gli ultimi giorni di vacanza con la figlia. Scordarla o raggiungerla? Era arrivato il momento di decidere. Ma a questo dubbio se ne aggiungeva un altro: come avrebbe reagito vedendolo arrivare senza alcun preavviso e dopo avergli praticamente imposto di sparire dalla sua vita?

*Parlane con Enrico.* Lo raggiunse subito, prima di aprire un nuovo fronte di dubbi: oltre che l'amico più fidato, era anche la persona più concreta che conoscesse: ed era certo che dopo avergli fatto pagare il pedaggio di paradossi, battute e provocazioni, gli avrebbe dato il suggerimento più razionale.

Ma una volta tanto venne subito al sodo. «Il concerto finisce a mezzanotte: sali in una macchina e fila a Ostuni» disse alla fine del suo lungo monologo.

«Ma tu non hai capito niente! Una ti dice "sparisci, non voglio casini" e un mese dopo tu ti ripresenti nel cuore della notte?» Stefano esplose.

«L'orario è essenziale per sfruttare al massimo l'effetto sorpresa» Enrico replicò. Imperturbabile. Serio. Prevenendo la successiva domanda, spiegò subito: «La tua irruzione provocherà in Cecilia un tale sbalordimento da lasciarla a bocca aperta, incapace di dire o pensare altro se non "che cosa fa qui?". Quando si riprenderà dalla sorpresa, sarà folgorata dalla tua corsa nella notte, dopo il concerto, per raggiungerla. Fidati: è una delle classiche follie, grandiose e romantiche, a cui nessuna donna può resistere!».

«Ma Cecilia sì! Lei è diversa da tutte le altre» Stefano obiettò appassionatamente.

«Ahi, ahi! È più grave di quanto temessi...»

«*Temessi*? Che significa?»

Enrico gli lanciò un'occhiata esitante, e tardò qualche istante a rispondere. «E va bene. A questo punto è chiaro che vedi in Cecilia la donna dei tuoi sogni e vuoi fare sul serio. Ma prima di partire in quarta, per Ostuni e per il grande amore, dovresti riflettere bene. La nostra è una vita da sbarellati, da nomadi. Non abbiamo orari, se non siamo in giro per il mondo tiriamo l'alba a provare, a discutere, a preparare i pezzi nuovi. Come pensi di conciliare tutto questo con...»

«Conosci un musicista eterosessuale e in età adulta che non abbia una moglie, una compagna, un figlio?» Stefano lo interruppe.

«Spesso più d'un figlio, e più di una moglie. Ma sposano ragazze libere di seguirli e felici di condividere il loro successo. E se vengono mollate per un'altra, sono abbastanza giovani per rifarsi una vita. Non è il caso di Cecilia. Come hai detto tu, è diversa da tutte: non è più una ragazzina, ha una figlia grande da seguire e dubito che, anche potendolo, ti seguirebbe felicemente per piazze, teatri o stadi. Giustamente diffida di te perché col passato che si ritrova aspira a una vita normale, a un rapporto di coppia normale che tu non puoi darle.»

«Dove vuoi arrivare?» Stefano chiese con voce astiosa.

«Al punto da cui ho cominciato: prima di partire in

quarta, rifletti. Tra qualche anno potresti ritrovarti legato a una donna che ti ha incasinato l'esistenza coi suoi problemi e le sue richieste, ostaggio di un matrimonio che moralmente non potresti rompere.»

«Se è questo che pensi, perché non me l'hai detto dal primo momento? E perché mi hai appena suggerito una infallibile strategia di conquista?»

«Non avevo capito quanto sei preso.»

«Pensavi a una scopata e via di corsa?»

«Calma, amico. Diffido dei colpi di fulmine e pensavo che desiderassi frequentare Cecilia per conoscerla meglio. Dopotutto l'hai vista solo due volte e non è da te né da me il buttarsi alla cieca. Esistono anche le scopate sentimentali, lo sai? Un mese o un anno di gioco al grande amore e *via di corsa*.»

«Non sarà il mio caso e se mi chiedi da dove mi viene questa certezza, non so risponderti. È vero: mi sono innamorato di una ragazza che ho visto soltanto due volte. Sembra incredibile anche a me, ma non razionalizzo, non mi interrogo: è successo e basta.» La voce di Stefano era tornata amichevole. «Grazie per la strategia» disse alzandosi.

«Quella funzionerà di sicuro» Enrico replicò battendogli due colpetti sulla spalla. «E potresti dimostrare la tua gratitudine facendo un colpo di telefono a tuo padre: oggi è il suo compleanno.»

«Me l'hai scritto anche sull'agenda. Il tuo dovere l'hai fatto, e con questo il discorso è chiuso.»

Anche Cecilia diventò discorso chiuso. Nei giorni successivi gli Zen registrarono la sigla televisiva di un programma musicale che sarebbe iniziato alla fine di settembre, andarono a Taormina per ritirare un premio, risalirono a Roma per partecipare al megaconcerto benefico *La notte del cuore*. Da lì sarebbero volati a Taranto per l'ultima esibizione dell'estate.

Stefano aveva incaricato la sua assistente di verificare se Cecilia e la figlia si trovassero davvero in un villaggio turistico, come gli sembrava di aver capito chiacchierando con la bambina. Non si era sbagliato. E, grazie all'efficienza di Giuliana, sapeva anche l'indirizzo, il numero di telefono e quello del bungalow. Subito dopo la fine del concerto, sarebbe corso a Ostuni. La stessa Giuliana si era messa in contatto con un'agenzia di autonoleggio del luogo affinché dalle undici e mezzo in poi una macchina con autista lo aspettasse davanti al cancello laterale del grande parco in cui si sarebbero esibiti. Stefano aveva organizzato tutto senza coinvolgere il gruppo, con la segretezza di un piano di fuga.

Arrivarono a Taranto alle due del pomeriggio e un'ora dopo si recarono sul luogo del concerto per verificare gli impianti e fare una breve prova con il tecnico del suono.

Il palco era stato montato a ridosso di una stupenda villa. Stefano approfittò di una pausa per localizzare il cancello da cui filarsela. Mentre percorreva il breve tratto di prato, recriminò di non avere il tempo di visitare la villa e la città. Succedeva ovunque così. Nell'ultimo anno avevano raggiunto alcuni tra i luoghi più suggestivi d'Italia e d'Europa, esibendosi spesso sullo sfondo di basiliche paleocristiane, vecchi templi, palazzi storici, monumenti d'arte. Ma i ritmi convulsi degli spostamenti rendevano impossibile godere di quelle bellezze. Arrivavano poche ore prima del concerto e ripartivano la notte stessa o all'alba del giorno dopo.

Delle città in cui si esibivano vedevano soltanto la folla di spettatori ai loro piedi: migliaia di volti e di braccia alzate attraversati dai lampi dei raggi laser. Aveva ragione Enrico. Erano "fuori": una vita senza stabilità, senza regole, senza soste. Ma a venticinque anni aveva bisogno di un punto fermo.

Era stato l'incontro con Cecilia a farglielo capire: e adesso che aveva trovato il coraggio di raggiungerla, non si sarebbe più arreso. La voleva. E voleva che anche lei lo amasse. Al termine della breve ispezione tornò dai colleghi. Chiamò da una parte Enrico e gli spiegò brevemente come si era organizzato per andare a Ostuni.

Era la prima volta che parlavano di Cecilia dopo la discussione di nove giorni prima. Enrico non fece commenti. «Appena finito il concerto, salta dietro il palco e squagliatela. Io ti coprirò» si limitò a dire.

## VI

Era *impossibile* abbandonare il palco e voltare le spalle a un mare di persone in delirio che, in piedi, urlavano i loro nomi e i titoli delle canzoni per avere un bis. Quel calore, quel successo avevano su tutti gli artisti l'effetto di una droga: ed era così anche per gli Zen. La stanchezza, il sudore, lo stordimento dei decibel sparati nella testa, l'indolenzimento dei muscoli sparivano miracolosamente e il complesso attaccava i bis con lo slancio del primo brano.

In qualunque altra serata Stefano avrebbe assecondato tutte le richieste: ma non quella. A mezzanotte e un quarto il concerto non accennava a finire e solamente Enrico capiva la sua impazienza. Umberto e Piero sembravano veramente drogati: dialogavano con il pubblico, lanciavano battute, invitavano a cantare con loro.

A mezzanotte e mezzo, approfittando di una brevissima pausa, Stefano si avvicinò a Enrico e gli sussurrò in fretta: «Io devo andare, proseguite con gli strumenti».

Arretrò lentamente e, quando fu in fondo al palco, voltò di colpo le spalle e imboccò correndo la scaletta. Aveva affidato un borsello col portafoglio e il cellulare a un ragazzo dell'organizzazione, pregandolo di restare in sua attesa, e difatti era lì. Afferrò il borsello al volo e riprese la corsa. Udì Enrico annunciare a gran voce *Everest*, ed emise un sospiro di sollievo. Si trattava di una composizione strumentale di Piero, un autentico virtuosismo per batteria, chitarra e piano. Lui non serviva.

Ma il sollievo durò pochi istanti. Era appena uscito dalle transenne che delimitavano il palco quando si ritrovò davanti Firmo, l'agente del complesso. «Dove stai andando?» lo apostrofò.

«Non sapevo che fossi a Taranto» prese tempo.

«Sono arrivato un'ora fa. Perché non sei sul palco?»

«Il concerto è finito e devo correre via.»

Firmo lo artigliò per un braccio. «Tu non corri da nessuna parte. Siamo invitati a casa dell'onorevole Anna Di Maria, che è venuta apposta da Roma per organizzare questo ricevimento per gli Zen.»

«Ci sono gli altri, io non posso.»

«Tu *devi*. C'è tutta la Puglia che conta a aspettarvi. Tutti e quattro.»

«Di' che mi è venuto un coccolone, che è morta mia nonna... Insomma inventa la scusa più drammatica, ma lasciami andare.»

Un uomo si stava avvicinando a loro e Firmo si allontanò di qualche passo per andargli incontro. *Adesso*, Stefano pensò. Approfittando dei pochi istanti in cui l'agente gli girava le spalle imboccò a velocità di saetta il sentiero che portava al cancello.

Sentì Firmo urlare il suo nome, ma aveva vent'anni e cento metri di vantaggio e a quel punto non poteva più essere raggiunto. Altri trenta metri, e sarebbe stato in salvo sulla macchina.

Il lampo di un flash lo abbagliò mentre varcava il cancello. Ne seguì un altro. E un altro ancora. La sorpresa fu tale che si immobilizzò. Cristo, i fotografi, imprecò riscuotendosi. Chi li aveva avvertiti? Perché si trovavano in quell'angolo del parco invece che all'uscita principale?

Scorse, poco lontano, la macchina parcheggiata e vi si precipitò. La furia crebbe nell'accorgersi che la portiera era bloccata. Che cazzo faceva, l'autista? Dormiva? Picchiò con forza sul vetro e finalmente la portiera si aprì.

I fotografi erano due, e ormai gli stavano addosso. «Metti in moto, presto!» urlò quando fu salito. L'autista era un ragazzo più o meno della sua età, e questo significava che non avrebbe fatto tante storie per superare i limiti di velocità o passare con un semaforo rosso. «Che cosa aspetti?» lo esortò spazientito, vedendo che i fotografi stavano salendo su una motocicletta.

Stava aspettando che fossero in sella! Questo sospetto gli venne dall'incredibile indugiare e diventò certezza quando si accorse che il ragazzo, anziché seminare i due, controllava sullo specchietto retrovisore di essere seguito. Come aveva fatto a non pensarci subito? Era stato proprio l'autista, per amicizia o per soldi, a dare la dritta ai paparazzi.

«Frena!» urlò. Quel tono rabbioso e perentorio ebbe il suo effetto perché il ragazzo inchiodò l'auto e chiese perplesso: «Che cosa c'è?».

Stefano lo spinse bruscamente contro il sedile e allungò il braccio per aprirgli la portiera. «Scendi immediatamente» sibilò.

«Questa macchina è stata affidata a me, non posso...»

«Penserò io a farla riconsegnare all'autonoleggio. E adesso fila» aggiunse spingendolo verso la portiera aperta. Una mitragliata di flash immortalò la scena. Stefano chiuse la portiera e ripartì.

Un provvidenziale cartello indicava la direzione per Ostuni e, dopo aver svoltato a sinistra, imboccò lo stradone con l'acceleratore a tavoletta. La moto dei paparazzi lo stava seguendo. Era sempre stato un abile guidatore, e in altre circostanze sarebbe sicuramente riuscito a seminarli:

a diciannove anni, per avere qualche soldo che non fosse di suo padre, aveva persino fatto la controfigura in un *Duel* casereccio. Ma adesso velocità e spericolatezza non bastavano: avrebbe dovuto conoscere gli svincoli, i sensi unici, i percorsi alternativi. E invece era costretto a correre alla cieca, distanziandosi dalla moto con una lentezza irrisoria.

Non poteva arrivare a Ostuni con due fotografi al seguito e rischiare di presentarsi a Cecilia sotto i lampi dei flash. La strada cominciò a restringersi e fu costretto a rallentare. Rallentò anche la moto. Mezzo chilometro dopo, la strada si allargò di nuovo, ma in due tronconi a senso unico divisi da un guardrail. Un grande cartello a doppia freccia segnalava l'obbligo di procedere dritto oppure di svoltare a destra.

Lo stato di vigilanza e di tensione di quell'ultima ora aveva acuito i suoi riflessi e Stefano giocò d'astuzia: con una mossa fulminea, svoltò e procedette nella nuova strada a tutta velocità. I due fotografi avevano abboccato, seguendolo nella deviazione.

A quel punto cominciò a decelerare, come se si fosse reso improvvisamente conto di avere sbagliato strada. Quando la moto fu a pochi metri da lui, sterzò bruscamente e, con una rocambolesca inversione di marcia riprese la direzione opposta. Questa nuova mossa spiazzò gli inseguitori, consentendogli di tornare al punto della deviazione con un distacco sufficiente per la manovra successiva: giunto allo svincolo mise la freccia a destra, ma svoltò a sinistra guidando spericolatamente contromano per mezzo chilometro. Quando il guardrail finì, si portò sulla destra e prese la direzione per Taranto.

Lo specchietto retrovisore gli confermò che era riuscito a seminare i fotografi. Ma non si faceva illusioni: sicuramente l'autista li aveva informati anche del luogo in cui doveva condurlo, e non era affatto da escludersi che in quel momento si stessero dirigendo a Ostuni per aspettarlo.

Mi aspettano su *questa* macchina appostati *all'entrata* del villaggio, Stefano rifletté. E dopo un'ora al massimo, non vedendomi arrivare, se ne andranno con le pive nel sacco. Perciò quello che doveva fare per avere la certezza di non correre rischi era cambiare auto, cercare un ingresso secondario e frenare l'impazienza di vedere Cecilia.

Arrivato nei pressi di Taranto, seguì le frecce che indicavano la stazione ferroviaria: a quell'ora la sola auto che poteva trovare era un taxi. Gli fu facile arrivarvi. Lasciò la macchina accostata a un marciapiede, ripromettendosi di fare avvertire l'autonoleggio, e si diresse a piedi verso il posteggio. Nemmeno l'ombra di un taxi. Dopo un quarto d'ora di attesa, sempre più impaziente, si spostò verso l'interno della stazione: la biglietteria era chiusa, l'atrio deserto, le luci del bar spente.

D'un tratto vide un uomo sbucare da una strada laterale. Camminava lentamente, come se non sapesse dove andare e a Stefano sembrò un'apparizione. Si fiondò verso di lui e, come l'ebbe raggiunto, gli disse ansimando: «Ho bisogno di trovare un taxi». Per sottolineare l'urgenza della sua richiesta, aggiunse: «Una mia parente è stata male e devo raggiungere subito Ostuni».

«A quest'ora c'è un numero dove chiamare, ma io non lo so...» l'uomo rispose con voce impastata. Mosse qualche passo barcollando, e solo in quel momento Stefano si accorse che era ubriaco. «Non fa niente, mi scusi.»

Non gli restava che risalire sulla macchina dell'autonoleggio, sperando che i due fotografi avessero ormai rinunciato all'appostamento. Mentre raggiungeva il marciapiede in cui l'aveva parcheggiata guardò l'orologio: mancavano pochi minuti alle due e mezzo.

Le strade erano vuote e impiegò pochi minuti per riportarsi nella direzione di Ostuni. Si impose di non correre. Nel volgere di pochi minuti la lucidità e l'eccitazione che l'avevano sorretto nelle manovre di fuga erano sparite e si sentiva addosso tutta la stanchezza di una giornata infernale: il volo a Taranto, le prove, il concerto, la guida spericolata nel cuore della notte.

La tensione si era accumulata sulle sue spalle come in una morsa, gli bruciavano gli occhi, il sudore rappreso della camicia pizzicava la pelle, la gola era talmente secca che faceva fatica a deglutire. E a mano a mano che procedeva verso Ostuni, lo strategico suggerimento di Enrico "irrompere nel villaggio puntando sull'effetto sorpresa" gli si configurava sempre più per quello che era: una ridicola bravata... Peggio ancora: l'atto tracotante del divo montato e privo di educazione.

Una freccia indicava la direzione del villaggio. Stefano la imboccò lentamente, ormai troppo stanco persino per continuare a darsi del cretino. Fermò la macchina in uno spiazzo poco distante dall'ingresso, reclinò il sedile e piombò in un sonno profondo.

Ancora poche ore e quella lunga vacanza sarebbe finita. Fu il primo pensiero di Cecilia quando si svegliò. Non era stato l'agosto che aveva programmato, lei e la figlia finalmente insieme per nuotare, passeggiare, chiacchierare: due giorni dopo l'arrivo a Ostuni, Francesca già era stata fagocitata da attività e iniziative del villaggio e faceva tutto con le ragazzine e i ragazzini della sua età. Abbronzata, instancabile e felice, sembrava capitata nel Paese dei balocchi.

E Cecilia si era fatta da parte, lasciando che la figlia godesse quella prima esperienza di divertimento totale. Durante la prima settimana aveva seguito i suoi spostamenti cercando di non perderla mai di vista. Era stata la mamma di Valeria, la nuova amichetta del cuore di Francesca, a tranquillizzarla: "Il villaggio è cintato, non esistono pericoli e i bambini sono controllati ovunque".

Cecilia si era finalmente rilassata. Quella mamma aveva probabilmente superato la quarantina, tuttavia stabilì con lei un rapporto molto vicino all'amicizia: Luciana era una persona semplice e gentile, e quando le chiese incredula come potesse, così giovane, avere una figlia di dieci anni, non esitò a raccontarle della lontana vacanza in Scozia.

Toccò a lei stupirsi quando seppe che aveva cinquantadue anni: Valeria era la minore di tre figlie, nata a sorpresa l'anno in cui la maggiore si iscriveva all'Università. Da due anni era già nonna! L'incontro con Luciana rese piacevole quella vacanza. Entrambe erano arrivate a Ostuni molto stanche e, disertando escursioni, gite in barca, immersioni in apnea, tornei di tennis, gare di karaoke e di ballo, trascorsero le giornate sdraiate al bordo della piscina e facendo qualche breve passeggiata sulla spiaggia. Chiacchieravano, si tuffavano, facevano insieme le parole incrociate.

Il 24 agosto il marito era venuto a riprenderla con Valeria e la partenza dell'amichetta aveva reso Francesca immusonita e intrattabile. "Mi annoio! Non so che cosa fare!"

Vanamente l'aveva esortata a giocare con gli altri bambini. "Sono quelli arrivati adesso! Non li conosco!"

L'ultimo scontro con Francesca era avvenuto quando si era rifiutata di portarla a Taranto al concerto degli Zen. Dapprima con pazienza, infine perdendo le staffe, le aveva ripetuto più volte che i biglietti erano sicuramente esauriti, che quei concerti erano una bolgia, che era assurdo prendere una macchina a noleggio per andare a Taranto, che non se la sentiva proprio di guidare nella notte.

Sorda a ogni spiegazione, sua figlia aveva vissuto il rifiuto come un dispetto. E a quel punto Cecilia aveva deciso di anticipare di due giorni la partenza. Alle dieci una macchina del villaggio le avrebbe accompagnate all'aeroporto e a metà pomeriggio sarebbero già state a casa.

Non avrei dovuto rimanere qui dopo la partenza di Luciana, si disse alzandosi in punta di piedi per andare in bagno. La bellissima vacanza di Francesca in quegli ultimi giorni si era trasformata in una specie di castigo e questo le dispiaceva. Raccolse i capelli in una cuffia e si infilò sotto la doccia.

Alle otto, quando lei era già truccata e vestita, Francesca dormiva ancora. La mia meravigliosa bambina, pensò soffermandosi a guardarla, il visetto tondo e abbronzato e le lunghe gambe distese di traverso sul letto. Decise di chiamarla all'ultimo minuto. Doveva finire di preparare i bagagli, e cominciò a radunare in una sacca le poche cose rimaste in giro. Alle nove e un quarto si curvò su Francesca stampandole un bacione sulla guancia. «Amore, svegliati. Tra poco dobbiamo andare all'aeroporto.»

Stefano si drizzò di soprassalto: il suo cellulare stava squillando mentre un uomo picchiava perentoriamente sul finestrino della macchina. Impiegò alcuni istanti per riemergere dal sonno e riacquistare la lucidità.

Abbassò il vetro. «Un attimo» disse all'uomo, frugando nel borsello per cercare il cellulare.

«Dove sei finito?» La voce di Enrico.

«Ti richiamo io, dopo ti spiego.» Interruppe la comunicazione e si sporse verso l'uomo. Solo in quel momento notò che indossava una divisa da carabiniere e che a pochi passi da lui c'era un collega. «C'è qualche problema?» chiese.

«Questo deve dirlo lei. Perché è parcheggiato da ore fuori del villaggio?»

«Aspetto che aprano per entrare» Stefano rispose pronto. Era la verità.

«Hanno aperto da due ore.»

Stefano guardò istintivamente l'orologio: le nove e un quarto! Possibile che avesse dormito fino a quell'ora?

«Vuole favorirci i documenti?»

«Sicuro.» Fece per portarsi le mani alla tasca, ma si bloccò: quelli erano i pantaloni di scena, senza tasche, e la carta d'identità si trovava ancora alla reception, dove l'aveva consegnata all'arrivo.

«Mi dispiace, ho lasciato i documenti all'Hotel Europa di Taranto. Può fare una telefonata di controllo, se...»

«Ha i documenti della macchina?»

«Sì, credo che siano nel cruscotto... Non è mia, l'ho presa a noleggio ieri sera, a Taranto.»

«Vuole scendere?»

Era quello che Stefano stava facendo. All'iniziale disappunto si era aggiunto l'imbarazzo: alcune persone si erano fermate poco distante, incuriosite, e l'idea che anche Cecilia potesse assistere a quella scena gli causò una fitta di panico. La star degli Zen fermata dai carabinieri: era il massimo dell'*effetto sorpresa*!

Si rivolse a entrambi. «Sentite, non sono un delinquente. Ieri sera ho fatto un concerto a Taranto con il mio complesso e ne ho approfittato per venire qui a visitare un'amica. Mi chiamo Stefano Zennaro... Ve l'ho detto, potete controllare con una telefonata all'albergo.»

Dal gruppo sempre più folto di curiosi si levò il grido di una ragazza: «È proprio lui, Stefano degli Zen!».

Il più giovane dei carabinieri fece un passo in avanti e lo guardò come se non credesse ai suoi occhi. «Stefano? Scusami se non ti avevo riconosciuto subito» esclamò passando istantaneamente al confidenziale "tu" del fan.

Il suo collega si schiarì la voce. «Chiedo scusa anch'io. Ci era stata segnalata una macchina sospetta parcheggiata fuori dal villaggio, con una persona a bordo che non dava segni di vita.»

«In effetti ero morto di stanchezza» rise Stefano con il

sollievo dello scampato pericolo. «Ma adesso, se permettete, vorrei andare a cercare la mia amica.»

«E come no?» Accompagnato dai due carabinieri varcò l'ingresso.

Dieci minuti dopo era ancora bloccato a trenta metri dalla portineria: il fulmineo passaparola che accompagnava tutti gli spostamenti del complesso aveva funzionato ancora una volta, e adesso si ritrovava attorniato da una quarantina di persone. Le ragazzine si spintonavano per farsi largo, urlavano il suo nome, agitavano un foglietto chiedendo un autografo. Era accorso anche il direttore, visibilmente orgoglioso dell'arrivo di un ospite tanto famoso.

Stefano lanciò un'occhiata ai due carabinieri che gli erano rimasti accanto come angeli custodi. «Per favore, aiutatemi. Devo andare dalla mia amica» disse in tono quasi implorante.

«La accompagno io», intervenne il direttore con la prontezza di chi si sente esautorato di un diritto. «Come si chiama questa amica?»

«Sta nel bungalow numero undici.»

«È un bel pezzo di strada a piedi!»

Intervenne il giovane carabiniere. «Porto dentro la nostra macchina e lo accompagniamo noi.»

Cecilia guardò la figlia con impazienza. «Ti vuoi sbrigare? Fra dieci minuti dobbiamo andare all'aeroporto.»

«Non riesco a trovare la mia felpa a fiori.»

«Sicuramente l'ho messa in una sacca. Non va bene quella che ti ho lasciato fuori?»

«Lo sai che la odio! È *da maschio*.»

«E allora non...» Cecilia si interruppe di colpo: qualcuno stava bussando alla porta. «Sono venuti a prendere i nostri bagagli, muoviti» disse alla figlia mentre andava ad aprire. Alla vista di Stefano sbarrò gli occhi come se avesse visto un marziano.

«Sono qui» lui disse dandosi del cretino.

Cecilia si riprese subito. «Questo l'ho capito. Che cosa è successo?»

Stefano non ebbe il tempo di rispondere perché Francesca corse verso di lui con una espressione estasiata e incredula. Stefano allargò le braccia e lei vi si slanciò. «Sei venuto qui in vacanza?» gli chiese.

«No, sono venuto a trovarvi. Ieri ero a Taranto per un concerto e...»

«Lo so! Io volevo venire, ma la mamma ha detto che...»

Cecilia la interruppe. «Stiamo partendo» disse rivolgendosi a Stefano. «La macchina deve essere già in portineria per portarci all'aeroporto.»

«Posso accompagnarvi io.»

«Sì, sì!» squittì Francesca.

«Non serve, grazie.» Si rivolse nuovamente alla figlia. «Mi sono ricordata adesso che la tua felpa a fiori è nella sacca blu. Va' a prenderla.»

La bambina si allontanò brontolando. Quando rimasero soli, Cecilia lo guardò dritto negli occhi. «Credevo di essere stata chiara. Perché sei venuto?»

Stefano ricambiò lo sguardo. «Ci ho messo un mese per trovare il coraggio di cercarti, e non immagini nemmeno quanto è stato difficile.»

«Il tuo aspetto lascia poco spazio all'immaginazione. Hai dovuto azzuffarti con un leone? Guadare un fiume? Oppure ti sei accuratamente conciato da caso pietoso?» lo aggredì sarcastica.

«Mamma, la felpa non c'è» Francesca disse avvicinandosi.

«Cercala in un'altra sacca. *Sparisci.*»

«Vuoi che ti aiuti?» propose Stefano.

«No» Cecilia lo fermò. «Adesso te ne vai. Sparisci anche tu» aggiunse quando rimasero di nuovo soli.

«Lo farò soltanto dopo che mi avrai ascoltato.»

«Non abbiamo niente da...» Un inserviente si inquadrò nella porta ancora aperta, con aria esitante. «Sono venuto a ritirare i bagagli.»

«Sono nell'altra stanza, vada pure a prenderli: Francesca, dobbiamo partire!» gridò alla figlia.

Cinque minuti dopo lasciarono il bungalow: l'inserviente davanti con Cecilia, e Stefano pochi passi dietro con la bambina per mano. Avevano percorso una cinquantina di metri quando un gruppo di ragazzine corse verso di loro. In pochi istanti circondarono Stefano urlando il suo nome, tirandolo per la camicia e agitando diari e foglietti per avere un autografo.

Cecilia si voltò per sottrarre la figlia a quell'orda di fanatiche, ma Stefano l'aveva preceduta prendendola in braccio. «Un'altra volta, ragazze» disse gentilmente mentre tentava di farsi largo. «Da brave, dobbiamo prendere un aereo.»

L'appello cadde nel vuoto, e nel volgere di pochi minuti il gruppo si ingrossò paurosamente. Mezzo villaggio stava correndo per vedere il mitico leader degli Zen.

«Mi dia il numero della direzione» Stefano disse perentoriamente al portabagagli.

«Sono nuovo... Non lo so a memoria.»

«Allora corra in portineria e dica a qualcuno di venire qui con una macchina. Si spicci, per piacere.»

Passò quasi mezz'ora di spintonamenti, urla, scene di fanatismo prima che la macchina riuscisse ad avvicinarsi, costretta a procedere a passo d'uomo.

Stefano vide scendere il direttore del villaggio con due vigilanti. «Prendete la bambina!» gridò. Francesca fu la prima ad essere caricata sulla macchina. E mentre il direttore aiutava Cecilia a salire, i due vigilanti riuscirono a strappare Stefano dalle mani che lo trattenevano e a creargli un varco per raggiungere l'auto.

Il direttore mise subito in moto. «Dobbiamo fare il giro del villaggio e uscire da dietro» disse. «Ho fatto portare lì la sua macchina, e spero che non si verifichino altri incidenti.»

Cecilia protestò con veemenza: «Io ho un'auto che mi aspetta per andare all'aeroporto! Devo pagare il conto, ritirare i bagagli e...».

«Glieli spedirò subito a casa. E per pagare non si preoccupi, le manderò la fattura. La portineria e l'uscita principale sono piene di gente, e ho visto anche due fotografi e un cronista locale. Vi sconsiglio davvero di buttarvi nella bagarre» spiegò gentilmente.

«Questo è un problema del signor Zennaro. Stanno aspettando lui, non me e mia figlia» Cecilia replicò secca.

«Purtroppo sbaglia» la voce del direttore era sempre gentile. «I fotografi sono interessati anche a lei, e hanno persino tentato di corrompere una cameriera per sapere chi è la misteriosa amica del...»

«Ma quale *amica*? Siamo semplicemente conoscenti» Cecilia sbottò.

Il direttore le lanciò una veloce occhiata e si rivolse a Stefano. «Ho sentito il cronista dire che ieri sera lei ha abbandonato il palco prima della fine del concerto e invece di partecipare a un ricevimento in suo onore è...»

«Tutte sciocchezze» Stefano tagliò corto.

«Le credo. Ma è meglio che la signora stia lontana dalla portineria.»

«In che casino ci hai cacciato?» gridò Cecilia un quarto d'ora dopo, mentre Stefano, al volante della macchina presa a noleggio, imboccava a tutta velocità una strada secondaria nel tentativo di seminare i fotografi.

## VII

«In che casino ci hai cacciato?» Cecilia ripeté un'ora dopo, mentre Stefano continuava le acrobatiche manovre per sfuggire all'inseguimento dei fotografi. Ormai l'aereo era perso, e sembrava impossibile anche raggiungere la stazione di Lecce per prendere il primo treno diretto a Milano.

«Devo andare al bagno, mamma.»

«Amore, non possiamo fermarci.»

«Mi scappa la pipì!»

«Abbi pazienza.» Cecilia si girò verso Stefano. «Sai almeno dove stiamo andando?»

«No. Ma ho una proposta da farti.»

«Gesù, mi tremano i polsi.»

«Ci infiliamo in autostrada e ti accompagno a Milano in macchina.»

«Per proseguire questa fuga a trecento all'ora? Neanche parlarne. A questo punto sai che ti dico? Ferma la macchina: meglio una fotografia sul quotidiano locale che rischiare la vita.»

«Tranquilla, non rischi niente. A quindici anni guidavo di nascosto la BMW di mio padre e a diciotto...»

«La tua biografia un'altra volta, ti dispiace? Adesso rallenta e cerca un posto dove fermare.»

«Non sarà una fotografia *sul quotidiano locale*, Cecilia, ma il putiferio. Ti sbatteranno sulle copertine di tutti i rotocalchi come la donna segreta di Stefano degli Zen, con gli intriganti particolari all'interno.»

Cecilia non raccolse la nota di amarezza. «Come ho potuto dimenticare che sei una star?»

«Il tuo sarcasmo un'altra volta, ti dispiace?»

«Che fai, prendi pure in giro?»

«Se ci infiliamo in un casello l'inseguimento è finito perché la moto dei fotografi non ha la cilindrata per viaggiare in autostrada» Stefano spiegò tornando serio.

«Ne sei sicuro?»

«Mamma, devo andare al bagno!»

«Sto parlando con Stefano, non hai sentito? A me sembra che quei due filino come un bolide.»

«Fidati: me ne intendo anche di moto.»

«Sei un ragazzo straordinariamente versatile.»

«Tanto per l'esattezza sono un uomo. Allora, sì o no?»

«E va bene, entra in autostrada» Cecilia si arrese.

«Ho anche sete, mamma!»

«E fame no?»

«Non mi diverti proprio!» Francesca disse piegando le labbra in giù.

«Volete smetterla, ragazze?»

«La mamma *non* è una ragazza.»

Stefano scoppiò a ridere. «Siamo già agli scontri generazionali? Madre contro figlia?»

«Francesca ha ragione, non ho più l'età per divertirmi con queste bravate. Sono tesa, nevrastenica, e...»

«Credi che io mi stia divertendo?»

«Spero di no. Ma io sono amareggiata anche per mia figlia. Ammetterai che lo spettacolo di fanatismo e di idiozia a cui sta assistendo non è il più adatto per una bambina di dieci anni. Lo scontro generazionale non c'entra, è frastornata e innervosita. Ci manca un bell'incidente d'auto e siamo a posto!»

«Mi dispiace, Cecilia.»

«Non è colpa di Stefano, mamma! Io mi sono divertita, mi scappa solo la pipì!»

«Grazie, Franci.»

Ancora quel diminutivo. Cecilia si morse le labbra per stare zitta.

«Ragazze, ci siamo: il casello è laggiù!» Stefano esclamò accelerando per un'ultima volata.

Attraverso lo specchietto retrovisore Cecilia vide la moto rallentare e fermarsi. Stefano aveva avuto ragione, e la sua era stata una polemica inutile.

«Non sono una ragazza» borbottò.

«Sei una grande rompiballe!» fu l'allegra replica.

«Ho sete, mi scappa la pipì e adesso ho anche fame!» protestò Francesca per richiamare l'attenzione su di sé.

«Stefano, puoi fermare al primo autogrill?»

Lo vide girarsi verso di lei con espressione esitante. «Certo. Ma non prendertela con me se qualcuno mi riconosce o mi ferma.»

«Non ci avevo pensato. Ma che razza di vita fai?»

«Amo la musica e non considero i cosiddetti fan degli esaltati o dei cretini. Certi assalti sono fastidiosi, lo ammetto, ma esprimono anche un calore e...»

«Scusa, non volevo offenderti.»

«È ancora peggio: mi fai sentire a disagio e in colpa come quando mi presentavo impreparato a un esame.»

«Riportaci a casa e considerati laureato a pieni voti; basta frequenza e basta esami.»

Francesca si aggrappò alle spalle di Stefano. «C'è il cartello dell'autogrill, rallenta!»

Il parcheggio era affollato di macchine e due pullman di turisti stazionavano di traverso. Stefano si diresse verso il piazzale posteriore e proseguì fino in fondo, fermandosi nel punto meno visibile. «Tu vai alla toilette con la bambina e io entro a prendere qualcosa da mangiare e da bere. Ci rivediamo qui» Stefano disse. Consegnò a Cecilia le chiavi della macchina. «Se arrivi prima di me, entra e metti la sicura.»

Fu quanto Cecilia fece. Stefano le raggiunse dieci minuti dopo. Miracolosamente solo.

«Niente calore dei fan?» gli disse scherzosamente aprendogli la portiera.

«Solo qualche occhiata perplessa» rispose sullo stesso tono. «Devono avermi scambiato per un sosia barbone del mitico Zen.» Porse a Francesca i due sacchetti colmi che aveva con sé. «Alla prossima piazzola ci fermiamo e facciamo un bel picnic.»

«Che cosa hai preso?» la bambina si informò.

«Coca, aranciata, minerale, yogurt, tramezzini e focacce. Ma niente con gli spinaci.»

La bambina sgranò gli occhi. «*Li odio!* Come fai a saperlo?»

«Sono un mago. Scommettiamo che *odi* anche i canditi, l'uva passa, la...»

«È vero, ma nei panini non ci sono!»

«Volevo soltanto farti vedere quanto sono bravo.»

Si fermarono due chilometri dopo, in una piazzola alberata e deserta, e mangiarono seduti su un muretto. Stefano continuò a scherzare e a chiacchierare con Francesca senza mostrare alcuna fretta di arrivare a casa o riunirsi ai colleghi.

«Non hai niente da fare? Non ti cerca nessuno?» Cecilia chiese a un tratto, incuriosita.

«Ho spento il cellulare e fino a lunedì sono libero.»

«Devi fare un altro concerto?» domandò Francesca.

«No, vado a Parigi per incontrare Paul Jacobi, il ragazzo che sta scrivendo i testi francesi del nostro ultimo disco.»

«È bravo?»

«Molto bravo. E molto simpatico.»

«Più di Enrico?»

«Con Enrico sono cresciuto, per me è come un fratello.»

«Lo sai che fra sei mesi avrò un fratellino anch'io?»

Stefano si girò di scatto verso Cecilia. «Aspetti un figlio?»

«Ma no!» rise Francesca. «È il bambino di papà e di Carolina. Però potrebbe essere anche una bambina, non lo sappiamo ancora.»

Cecilia vide il viso di Stefano rischiararsi all'istante, e quel sollievo la turbò come il panico che pochi istanti prima aveva avvertito nel suo interrogativo. «Si è fatto tardi» disse brusca. «Francesca, aiutami a raccogliere le carte sporche e andiamo.»

«Lascia stare, facciamo noi» si offrì Stefano. Lo guardò allontanarsi con sua figlia alla ricerca di una pattumiera. *Sono un uomo.* Lo sembrava davvero: un uomo sensibile, protettivo, di grande buonsenso. E invece era soltanto un ragazzo, passato da una ricca famiglia alla fama degli Zen. Il suo comportarsi in modo sempre giusto derivava soltanto dall'ottima educazione che aveva ricevuto e da quella natura cordiale tipica di chi non ha mai dovuto scontrarsi con le persone e con la vita. Ignorava l'angoscia di un problema irrisolvibile, la frustrazione di una sconfitta, il dolore dell'emarginazione, la paralizzante paura di un rapporto sbagliato.

E probabilmente gran parte di tutto questo gli sarebbe stato risparmiato perché apparteneva a un piccolo mondo di privilegiati. E lì, al momento giusto, avrebbe trovato la ragazza adatta a lui. Nel frattempo viveva liberamente la stagione delle avventure, degli incapricciamenti, delle passioni senza futuro.

*Non voglio vederlo più.* Se lo disse con forza mentre

risaliva in macchina. E glielo ripeté otto ore dopo, quando finalmente arrivarono a Milano. Francesca dormiva, crollata per la stanchezza e le emozioni di quella giornata.

Cecilia rifiutò di essere accompagnata all'ascensore, respinse la proposta di mangiare tutti e tre insieme, a casa, le pizze che lui sarebbe andato a comperare, disse no all'invito di cenare insieme all'indomani.

Stefano la fissò, gli occhi stretti a fessura. «Il problema sono io o è il lavoro che faccio?»

«Niente di personale: tu hai la tua vita e io la mia, e se le cose restano così non esistono problemi.»

«Allora cambio la domanda: di che cosa hai paura?»

«Di ritrovarmi emotivamente coinvolta. Di cedere anch'io al fascino dell'irresistibile Stefano degli Zen. Va bene così?» disse con voce cattiva. Non gli diede il tempo di rispondere. Si curvò sui sedili posteriori e scosse la figlia: «Francesca, svegliati. Siamo arrivate a casa».

«Mi sono innamorato di te, Cecilia.»

«Vuoi sparire? Vuoi lasciarmi in pace?» sibilò.

«Scordatelo.»

E fu di parola. Cecilia trascorse le prime due settimane di settembre tentando di difendersi dall'assedio di Stefano. Ma niente sembrava scoraggiarlo. Ovunque fosse, continuava a chiamarla anche se lei sbatteva giù il telefono nell'udire la sua voce. E persisteva a scrivere lettere che lei gli rispediva, a inviare giganteschi mazzi di fiori che non ritirava.

«Vuoi smetterla di perseguitarmi?» gli urlò una sera, fuori di sé.

«Finalmente rispondi! È un primo...»

«È un incubo! Cosa credi di ottenere con questi gesti plateali e infantili?»

«Uno stratega non rivela mai...»

Lei interruppe la comunicazione col volto in fiamme. Ma la speranza che Stefano demordesse, stanco di quel capriccioso ostinarsi, durò lo spazio di una notte. Al mattino successivo l'assedio riprese con gli identici gesti e l'identica inarrestabilità.

Le reazioni di Cecilia erano tanto violente quanto confuse. Si sentiva furiosa, estenuata, sbalordita. Ma anche spaventata dall'attrazione, sempre più profonda, che provava per quel pazzo. Si accorse di *aspettare* i fiori che respingeva, le telefonate a cui non rispondeva, le lettere che rispediva. A quel punto comperò un cellulare con un nuovo numero, tenne staccato l'apparecchio di casa, disattivò la linea diretta dell'ufficio ordinando alla centralinista di non passarle *mai* le telefonate di Zennaro e infine chiese al portinaio di respingere direttamente tutti i fiori o le piante che fossero arrivati per lei.

*E adesso puoi metterti in quel posto le tue strategie, signor Zennaro* lo irrise silenziosamente al termine di quella prima giornata di totale black out. Funzionò anche la seconda giornata. Alle sette, prima di uscire dal mobilificio, non resistette alla tentazione di fare un salto dalla centralinista. Così, tanto per curiosità. E apprese che Stefano Zennaro l'aveva chiamata tre volte. «Brava» le disse. «Ricorda che per lui non ci sono *mai.*»

A passi danzanti si diresse verso l'uscita, ma la voce di Gina Cerri la bloccò. «Cecilia, vieni subito nel mio ufficio!»

Che problema c'era? Il problema era lì, seduto davanti alla scrivania della padrona del mobilificio: Stefano. Si alzò prontamente con un provocatorio sorriso: «È un piacere rivederla, signorina Vitali».

«Devo andare» Cecilia disse in fretta, ignorando la mano tesa di Stefano.

«Non è possibile» intervenne Gina Cerri. «Il signor

Zennaro desidera rivedere i salotti che gli avevi mostrato in luglio e scegliere degli altri mobili.»

«Ci sono Giovanna o Luigi. Io devo...»

«Il signor Zennaro ha espressamente chiesto di te.»

«Proprio così. Io voglio il meglio» disse Stefano con l'aria di chi fa una battuta. Le rivolse un altro sorriso da schiaffi. «Le assicuro che non la tratterrò più di un quarto d'ora, signorina Vitali.»

L'aveva incastrata. *Sei felice di rivederlo, colpita dalla sua tenacia, ammirata per la sua sfrontatezza.* «Andiamo» lo invitò brusca uscendo dall'ufficio di Gina. Si diresse velocemente verso il "piano delle vergogne". Sì, l'aveva davvero incastrata.

Non appena furono arrivati, si voltò verso di lui. «Vuoi rivedere il salotto con le mani sulle chiappe oppure vuoi dare un'occhiata alla nuova collezione?» abbaiò.

La guardò negli occhi. «Io voglio te.»

«Non avevo sbagliato! Hai davvero una inclinazione per le scelte eccentriche e di pessimo gusto!»

«Cecilia, ti amo. È la prima volta che...»

«Lasciami in pace, non ne posso più!» Un singhiozzo le spezzò la voce e si precipitò correndo verso la scala. Aprì la macchina con dita tremanti e mise subito in moto, prima che Stefano la potesse raggiungere.

Mai come in quel momento aveva sentito così acuto il bisogno di un'amica e di una casa in cui rifugiarsi per avere consigli, coccole, affetto. Ma per dire che cosa? *Papà, mamma, dopo la sorpresa che tanti anni fa vi ho riportato dalla vacanza in Scozia adesso ne ho un'altra: ho perso la testa per un musicista che è l'idolo delle ragazzine.*

Amava i suoi genitori, ma era lo stesso sentimento obbligatorio e scontato delle vecchie coppie che hanno perduto la memoria della tenerezza e degli abbracci. Con la nascita di Francesca non era finita soltanto la sua adolescenza, ma anche la felicità del loro rapporto. Il senso della responsabilità aveva preso il posto delle piccole confidenze, dei gesti affettuosi, delle premure. A poco più di sedici anni, lei aveva smesso di essere la loro bambina.

Da quando Francesca viveva col padre, gli incontri con i suoi si erano diradati, ma, paradossalmente, il legame si era fatto più intimidatorio per il mutuo patto che lo teneva vivo: mai più sbagli, mai più colpi di testa. Come dire: dacci un altro problema e smetterai anche di essere nostra figlia.

Era così anche con i genitori di Lorenzo. L'avevano accettata come madre dell'amatissima nipote, ma il loro affetto si basava su un presupposto irrinunciabile, la fiducia, e doveva continuare a meritarselo comportandosi irreprensibilmente come negli ultimi dieci anni. Il giorno in cui si fosse sposata, ne sarebbero stati felici e forse anche sollevati: purché scegliesse una persona affidabile come Carolina.

Vado da Lorenzo, pensò per associazione di idee. Mi vuole bene, siamo amici, mi ha sempre capito, mi ha sempre esortato a non avere paura, a buttarmi... *Non con un ragazzo. Non con un divo della canzone.* Il crescendo delle certezze si afflosciò di colpo. No, stavolta Lorenzo non poteva capire. Dopo il matrimonio aveva imboccato la strada della stabilità e dei doveri e le avrebbe dato dell'idiota e della pazza.

Non aveva nessuno con cui confidarsi, nessuno a cui chiedere un consiglio. Il prendere atto di questo deserto le causò un moto di rabbia che troncò sul nascere la crisi di autocompassione. Da dieci anni viveva per compiacere i suoi genitori, i nonni di Francesca e Lorenzo, attenendosi scrupolosamente alle regole che *loro* avevano egoisticamente stabilito per vivere tranquilli. La paura di sbagliare, che le aveva fatto il vuoto intorno, era stata la paura di deluderli, di perdere la loro approvazione.

Un bell'applauso, si schernì. Ma era troppo stanca per montarsi contro se stessa.

E troppo tardi si accorse di aver superato l'incrocio anziché girare a destra per prendere la strada di casa. Si incanalò nel traffico della sera, rilassata dal lento procedere della colonna. Poteva guidare automaticamente, perduta in un improvviso svuotamento di emozioni e di pensieri. Quando la fila cominciò a muoversi, si trovava all'estrema periferia di Milano, in una zona che non conosceva. Proseguì fino al semaforo e girò a sinistra per riprendere la direzione opposta.

Solo in quel momento guardò l'orologio ed ebbe un sobbalzo di ridicola ansia: erano le nove. *Che fretta hai? Chi ti aspetta?* Nessuno, si rispose. Arrivata nei pressi di casa, parcheggiò davanti a una pizzeria: non aveva voglia di prepararsi da mangiare e desiderava ritardare il più possibile il ritorno alla sua solitudine.

Entrò nel locale e vi si soffermò per oltre un'ora, finendo di bere lentamente il vino che aveva ordinato con la pizza. Alle dieci e mezzo si alzò e si diresse verso la sua macchina, sollevata: poteva andare subito a letto risparmiandosi le due ore serali sul divano per tirare tardi con un'occhiata al giornale o la distratta visione di un programma. Quella giornata era finalmente finita.

Così credette fino a quando le portiere dell'ascensore si aprirono e vide Stefano alzarsi di scatto dallo scalino del pianerottolo.

«Ancora?!» Cecilia gemette.

«Ti sto aspettando da tre ore e non ti darò pace fino a quando non mi avrai ascoltato. Voglio solo parlarti: perché ti ostini a scappare?»

«Perché devo difendere la mia...» Si interruppe. Quale vita doveva difendere? Esisteva qualcosa da preservare? «Entra» disse secca dopo aver aperto la porta. E poiché Stefano esitava, quasi non credesse all'improvviso cedimento, lo esortò con voce quasi rabbiosa: «Che cosa aspetti? Ti ho detto di entrare!».

## VIII

Cecilia capì di essersi addormentata quando udì lo scrocco della serratura e, subito dopo, il rumore dell'ascensore che scendeva. Guardò la sveglia sul comodino: le sette e mezzo. Stefano se ne stava andando: non l'aveva sentito alzarsi, rivestirsi, entrare in bagno. Solo quattro ore prima era sdraiata accanto a lui, la testa sulle sue spalle e un braccio che la cingeva: si sentiva estenuata, illanguidita, acutamente consapevole della fisicità del corpo accanto al suo. Quel corpo si era saldato a lei facendola riemergere da una lunga solitudine, dandole piacere, orgoglio e gioia. "Non dire niente" aveva supplicato Cecilia. Le parole l'avrebbero riportata alla realtà, spezzando la magia di quei momenti perfetti e fuori dal tempo. Senza accorgersene, era scivolata nel sonno.

E adesso la magia se n'era andata con Stefano. Le fu grata di non aver aspettato il suo risveglio per ostinarsi a parlare. Sicuramente si sarebbe rifatto vivo per chiederle di rivederla e per ripeterle che si era innamorato: per qualsiasi motivo fosse accaduto, adesso gli credeva. Lo amava anche lei e aveva la certezza che dopo quella notte non si sarebbe più fatto vivo se lo avesse respinto di nuovo.

Tutto dipendeva da lei, e gli fu grata anche per essersene andato in punta di piedi, lasciandole il tempo di decidere liberamente, senza influenzarla.

E tutto si riduceva a una risposta: le era più insopportabile rinunciare a vivere il primo amore della sua vita adulta oppure proiettarsi al giorno non lontano in cui Stefano avrebbe smesso di amarla? La felicità oggi al prezzo del dolore di domani. Quanto più lui le avesse dato in passione, tenerezza e gioia, tanto più profondamente ne avrebbe sofferto la perdita.

Si sentiva ancora rimescolare ricordando lo sguardo di Stefano nel momento in cui si era deciso a entrare: l'aveva fissata con incredulità, adorazione e sollievo, come un miracolato. E quando si era avvicinato posandole le mani sulle spalle, lei si era sentita attraversare da una scarica elettrica. *Se lo respingo, non proverò mai più queste emozioni, non vivrò più momenti come questo...*

Il suo corpo conservava ancora la memoria delle mani e della labbra che lo avevano percorso, esplorato, risvegliato, e al fremito del ricordo seguì l'afflizione della perdita: respingendo Stefano, il suo corpo sarebbe di nuovo sprofondato nell'abbandono della solitudine.

*Non posso*, gemette tra sé. Prima o poi *dovrai*, e sarà ancora peggio perché sarà Stefano ad abbandonarti.

Scese dal letto bruscamente, furiosa per l'oziosità e la malafede del suo arrovellarsi in un problema che si era creata da sola, assecondando una attrazione pericolosa e lasciandosi coinvolgere da una storia assurda. Non voleva tirarsi indietro? Era una scelta suicida: libera di prenderla, ma senza girarci intorno nel tentativo di razionalizzare la pazzia.

Le otto. Andò in bagno a fare la doccia e restò a lungo sotto il getto dell'acqua fredda, passando il guanto di crine con un vigore quasi punitivo sul corpo che l'aveva tradita. Poi infilò l'accappatoio, raccolse i capelli bagnati in una spugna e si diresse verso la cucina per farsi un caffè. Si fermò di scatto: qualcuno stava girando la chiave nella serratura della porta d'ingresso.

Non ebbe nemmeno il tempo di spaventarsi: Stefano entrò tenendo un sacchetto di carta in mano. «Sei già sveglia?» chiese con disappunto.

«A quanto pare sì.» Lo guardò in silenzio aspettando che fosse lui a spiegare perché era tornato. Poiché taceva, fissandola in modo imbarazzante, osservò con una nota polemica: «Credevo che te ne fossi andato».

«Sono sceso per cercare delle brioches calde. Volevo portarti la colazione a letto, ma ti sei svegliata.»

Quel gesto gentile accrebbe la sua ostilità perché le parve una nuova trappola da cui salvarsi. «Detesto le briciole tra le lenzuola. E alla mattina bevo solo caffè: in cucina e in piedi» puntualizzò secca.

Le sorrise. «Non è mai troppo tardi per correggere le cattive abitudini.»

Non sopportava quell'imperturbabilità. *Voleva* ferirlo. «Questo vale anche per te» sorrise a sua volta. «Fai sempre l'amore così spericolatamente, senza nessuna protezione?»

Gioì nel vederlo arrossire. Forza, perdi le staffe, insultami, lo invitò in silenzio.

«Mai. Non mi era mai successo.»

Ancora quel sovrumano autocontrollo. «Capisco, sono la prima semivergine attempata e affidabile che hai...»

«Piantala, Cecilia.»

«Ho ancora l'età per restare incinta. Non ci hai pensato?»

«No. Posso bere un caffè?» Si allontanò verso la cucina senza aspettare la risposta.

Cecilia lo seguì. «E se fossi rimasta incinta?»

«Ho cercato di stare attento. Dove tieni la polvere?»

Cecilia sollevò un braccio verso un pensile e gli porse il pacchetto con malgarbo. «Hai *cercato*? È tutta qui la tua prudenza?»

«Scusami. Non ho pensato che per te poteva essere un problema, e ti assicuro che per il futuro starò...»

Fu lei a perdere le staffe. «Futuro?! Di quale futuro parli?» urlò.

«Finalmente ci siamo arrivati: sei ancora convinta ti abbia cercata e inseguita per portarti a letto, per vincere una sfida capricciosa e infantile. Dopo questa notte mi ero illuso che avessimo superato la fase delle spiegazioni, ma a quanto pare non è così. Hai ancora paura di me, il divo a caccia di avventure che recita persino la parte dell'innamorato per...» L'amarezza gli strozzò la voce.

«Non è così!» proruppe Cecilia.

«È peggio ancora. Mi hai trattato come l'inseminatore irresponsabile che all'alba se la svigna in punta di piedi e chi s'è visto s'è visto... A chi vuoi fare male? A te o a me?»

«Io ti amo» Cecilia mormorò.

Stefano le lanciò un'occhiata cattiva. «Questo lo so. E puoi sparare il prossimo colpo senza addolcire la...»

«Lo sai?»

«Da ieri sera, quando mi hai fatto entrare qui. Non giro con i profilattici in tasca, e non avrei fatto l'amore con te se...»

«Scusami, sono stata meschina.»

«Non avrei fatto l'amore con te se non mi fossi sentito pronto per impegnarmi, per avere un figlio.»

«Stefano, è pazzesco... Non dirlo neanche per scherzo» Cecilia ribatté con affanno.

«Qual è il problema?»

«Avremmo solo quelli! Non riesco nemmeno a pensarci...»

«Parliamone.»

«Da dove vuoi che cominci? Dalla nostra differenza d'età? Da...»

«Uno alla volta, prego. Hai due anni più di me, e mi sembra una differenza ridicola.»

«Quando tu portavi i calzoni corti, io ero già incinta. Nel nostro caso due anni sono un abisso, perché io sono molto più matura di te.»

Stefano le girò le spalle per riempire la moka. «Hai un accendino?»

«Schiaccia il tasto a destra, c'è l'accensione automatica. È meglio finirla qui. Tu non puoi capire, sottovaluti i problemi perché non ne hai mai avuti.»

«Non gravi come i tuoi, certo. Ma non penso che il metro della maturità siano i problemi, e neppure che esperienze precoci o colpi di testa facciano crescere più in fretta. Non sei matura, Cecilia, ma soltanto prudente. Paralizzata dalla paura di sbagliare. Io ho levato i calzoni corti, tu ti sei fermata ai sedici anni.»

«Resta il fatto che apparteniamo a due mondi diversi.» Era come ripetere una lezione imparata a memoria. «Non riesco neppure a concepire un futuro accanto a un divo della canzone» aggiunse.

«Su questo sono d'accordo. Nemmeno io vedo il mio futuro negli Zen. L'ultima cosa che vorrei è ritrovarmi ancora sulla breccia a cinquanta o sessant'anni a fare il sempreverde del rock.»

«Io ho una figlia» Cecilia disse in fretta. Avvertì subito il ridicolo di questa obiezione, buttata lì come se stesse estraendo a caso i numeri della tombola.

Ma Stefano non rise. «Dai per scontato che debba continuare a vivere con suo padre?» le chiese seriamente.

«Francesca aveva bisogno di una vera famiglia, e dopo che suo padre si è sposato è sembrata a tutti la cosa più giusta da fare. Anche ai quattro nonni che l'avevano cresciuta.»

«E a te?»

«Quando si è trasferita a casa di Lorenzo ho provato una terribile sensazione di perdita e sapevo che avrebbe messo le radici lontano da me, ma sarebbe stato egoistico oppormi.» Era la prima volta che Cecilia affrontava questo problema e confessava, anche a se stessa, con quale senso di frustrazione e di colpa avesse visto la figlia allontanarsi.

«Capisco. Ma ho notato l'amore che hai per Francesca e sono certo che non ha mai spezzato il legame con te.»

Furono quelle parole a far crollare la diffidenza di Cecilia: se lui l'avesse consolata prospettandole il loro futuro con Francesca e assicurandole che la bambina sarebbe stata felice di mettere le nuove radici nella famiglia della madre, Cecilia avrebbe avuto la conferma definitiva di ritrovarsi di fronte a un ragazzo esaltato, immaturo, incapace di un approccio adulto con la realtà.

E invece non era così. Stefano aveva allegramente demolito tutti i problemi che lei gli prospettava, ma di fronte a quello della figlia si era ritratto perché andava oltre il loro rapporto, oltre la sua volontà di impegnarsi: poteva soltanto cercare di confortarla, ed era quello che aveva fatto.

«Il caffè è pronto» gli disse sottraendosi al suo sguardo ansioso per prendere le tazzine.

«Siediti, faccio io.»

Le versò il caffè, glielo zuccherò e si sedette di fronte a lei. «Sei sicura che non vuoi una brioche?»

Quale che fosse stato il prezzo da pagare, non sarebbe mai stato doloroso quanto respingere l'amore di Stefano. Ne ebbe la certezza in quel momento. «E va bene. Hai vinto» disse allungando la mano verso la brioche. Ma non si riferiva a quella.

«Solo una battaglia» replicò Stefano. Lo aveva capito. Sembrava che capisse, miracolosamente, tutto.

«Siamo in guerra?» gli chiese con voce leggera.

«Non mi basta avere conquistato una bellissima storia senza futuro.»

A Cecilia bastava. Nelle settimane che seguirono la storia con Stefano le sembrò come la straordinaria scoperta di una lampada magica. Sindrome di Aladino, la chiamava scherzosamente tra sé. D'un tratto si sentiva onnipotente. Non si chiedeva quando la lampada avrebbe perduto i suoi poteri perché era troppo eccitata nel sollecitarli. Voleva di più, sempre di più, e non esistevano limiti a quello che desiderava. Come per un prodigio, il vuoto della sua esistenza sparì. Ed ebbe tutto: il sesso, l'amore, la passione, la tenerezza, l'amicizia, l'allegria.

La sola preoccupazione di Stefano era difendere il loro rapporto dall'invasione del gossip. «Voglio difendere te» le aveva spiegato. «Nemmeno immagini l'allegro cinismo con cui potrebbero massacrarti.»

Cenavano nelle trattorie fuori porta e andavano al cinema nelle sale più periferiche giungendovi ciascuno con la propria macchina. Stefano fece due concerti a Vienna, e Cecilia lo raggiunse in treno prendendo alloggio in un piccolo albergo a venti chilometri di distanza. Una sera lui la invitò a cena nella nuova villa finalmente arredata ("è ora che tu la veda!"), ma la bloccò con il cellulare perché gli era parso di scorgere un fotografo appostato.

Andava a dormire da lei, giungendovi dopo lunghi giri oziosi e dopo aver percorso ogni sera una strada diversa. E alla mattina usciva con le identiche precauzioni. La loro intimità si faceva giorno dopo giorno sempre più profonda. Cecilia non aveva mai amato tanto il divano della sua casa: non era più il rifugio di serate solitarie, ma l'angolo raccolto di questa intimità.

Stefano le parlò di sua madre, del frustrante abbandono delle scene che aveva forse inconsciamente sublimato trasmettendogli la passione per la musica, del rapporto conflittuale con suo padre sfociato in una rottura definitiva. Cecilia gli raccontò del suo lontano incontro con Lorenzo, della loro vacanza in Scozia, del senso di inadeguatezza e di paura che l'aveva spinta a troncare i pochi rapporti allacciati in seguito prima che diventassero troppo coinvolgenti.

Stefano pretese di saperne tutti i particolari, incurante di apparirle, come in effetti era, ridicolmente geloso. E a sua volta le raccontò della breve relazione con Glenda, la corista brasiliana, definendola "una botta di attrazione fisica". Cecilia capì di essere davvero il primo amore di Stefano, e se ne stupì profondamente.

«Poco dopo la nascita degli Zen, un rotocalco pettegolo insinuò con mille giri di parole che fossi gay» rise Stefano. «La verità è che anch'io fino a vent'anni ho sofferto di un bel complesso di inadeguatezza e di paura: le brave compagne di liceo erano attratte da me oppure dal figlio di Zennaro? Quando ho lasciato Biella, ero in piena crisi di identità.»

«E dopo?»

«Non ho abbassato la vigilanza, ma le paranoie sono finite. Tu sei la prova che non esistono soltanto ragazzine adoranti e fanatiche da proteggere da loro stesse: e mi hai confermato che posso essere amato per me stesso.»

«Legioni di ragazze avrebbero potuto darti la stessa conferma!»

«Lo so. Ma io mi sono innamorato di te.»

Glielo ripeteva spesso. Glielo dimostrava con mille gesti, mille premure. Ma, con uno sforzo che non poteva sfuggirle, si vietava di riaprire il discorso sul loro futuro, sull'impegno che era pronto a prendersi, sul figlio che non aveva paura di avere. Ogni ombra di disagio era sparita dai loro rapporti sessuali da quando lei aveva cominciato a prendere la pillola. Stefano non era costretto a prendere precauzioni né lei a temere una gravidanza indesiderata.

Le loro notti d'amore e i loro sotterfugi per non essere sorpresi insieme avevano una pausa ogni fine settimana, quando Cecilia andava a prendere Francesca per portarla con sé: non voleva turbare la figlia e non era pronta nemmeno per parlare a Lorenzo della sua relazione. E Stefano, ancora una volta, aveva capito.

Certo che il suo amore e la sua vicinanza la rendessero ogni giorno meno diffidente consentendogli finalmente di uscire allo scoperto e di progettare il loro futuro, nemmeno sospettava che la loro storia proseguiva felicemente soltanto perché lei viveva alla giornata, ritraendosi dal buco nero del futuro.

Cecilia aveva eretto sulla precarietà una ardita struttura che la proteggeva, la rassicurava e le dava una spericolata sensazione di impunità.

Ma ogni sabato questa struttura vacillava perché la presenza di Francesca la costringeva a guardare al futuro e a prospettarsi la reazione di Lorenzo e dei loro quattro genitori il giorno in cui avesse osato parlare di Stefano.

Non aveva più bisogno della loro approvazione, né temeva la loro ira. Ciò che la terrorizzava era uscire allo scoperto. Il solo immaginare l'incontro delle famiglie con il leader degli Zen la riconduceva alla realtà della loro relazione: una pazzia, un colpo di testa da adolescente, una storia da cui sarebbe uscita con le ossa spezzate.

Ma al lunedì, quando rivedeva Stefano, si affrettava a rimettere in piedi la vacillante struttura: la prospettiva più terrorizzante le sembrava perderlo, la vera pazzia disfarsi della lampada di Aladino prima che perdesse la magia.

Alla fine di novembre Stefano andò a Londra per partecipare a un grande concorso di beneficenza con i grandi della musica internazionale e convinse Cecilia a seguirlo: a bordo di un altro aereo, e alloggiata in un hotel diverso da quello degli Zen.

Fu Giuliana, l'assistente, a provvedere al biglietto e alle prenotazioni. Lei ed Enrico erano le sole persone a cui aveva parlato del suo amore per Cecilia, le sole a sapere quanto grande fosse la paura che una paparazzata o una intrusione pettegola attentasse al loro rapporto.

Entrambi lo misero in guardia: tra i fotografi e i giornalisti italiani che si erano fatti accreditare per il concerto di Londra ne figuravano alcuni notoriamente disposti a tutto per uno scoop. E se lo avessero scoperto con Cecilia?

«Impossibile» fu la sicura risposta.

Una volta giunto a Londra, però, in questa sicurezza si aprì una piccola breccia e Stefano moltiplicò in modo paranoico le misure di prudenza: mandò Enrico a prenderla all'aeroporto. Mentre erano sul taxi lo pregò di portarla in un albergo diverso da quello in cui erano diretti. Trascorse la prima serata con i ragazzi del gruppo vietandosi di raggiungerla e fingendo di divertirsi un mondo nel locale in cui Umberto e Piero l'avevano trascinato.

In realtà spasimava per la smania di vederla e di tanto in tanto si appartava per chiamarla sul cellulare: ti amo, mi manchi, non faccio che pensare a te, non possiamo più andare avanti così. Era vero. Tutti quei sotterfugi cominciavano a umiliarlo e il continuo sforzo di fingere stava diventando insopportabile. Le prove, le riunioni di lavoro e i concerti erano diventati una specie di anestetico contro quella tortura: e se riusciva a concentrarsi e a non lasciar trapelare ciò che provava era soltanto grazie alla professionalità e alla responsabilità che sentiva nei confronti del complesso.

Alle tre del mattino lasciarono la festa e un'ora dopo, quando fu certo che nessuno più poteva sorprenderlo, Stefano si fece chiamare un taxi e raggiunse Cecilia.

Il viso di lei, struccato e insonnolito, nel vederlo si illuminò di gioia. Non gli era mai sembrata così bella.

# IX

Dopo il concerto si erano trattenuti due giorni a Londra: i ragazzi del complesso erano ripartiti, gli impegni ufficiali finiti, i fotografi e i giornalisti a caccia di scoop tornati in Italia. Stefano si era trasferito nell'hotel di Cecilia e, finalmente liberi e soli, avevano girato come turisti tenendosi per mano.

Cecilia era stata altre volte a Londra, ma sempre per lavoro e attratta soprattutto dal fascino dei mercatini e dei vecchi negozi di mobili. Il cielo grigio e la nebbia attutivano l'impatto delle vetrine pittoresche, delle insegne luminose e dei colori sgargianti trasmettendo una suggestiva sensazione di intimità. Non ricordava che fosse una città tanto bella, né di avere trascorso giorni tanto sereni. Era finalmente in pace con se stessa: Stefano l'amava, e si amava anche lei.

L'ultima sera scoprirono dietro al loro hotel un piccolo ristorante italiano incuneato nella curva di due palazzi. In un soprassalto di prudenza Stefano socchiuse il portoncino rosso dell'ingresso: soltanto un tavolo era occupato, da una coppia di anziani dall'aria inoffensiva che stavano mangiando silenziosamente.

Il padrone non diede segno di riconoscere Stefano e li invitò a sedersi dove volevano. Scelsero il tavolo più vicino alla grande stufa che riscaldava il locale e ordinarono subito del vino. Il padrone arrivò poco dopo con una fiaschetta di Chianti e un cartoncino scritto a mano con l'elenco delle "specialità della casa".

«Vi suggerisco la pasta tricolore» disse. «Sono bucatini veraci con mozzarella, pomodoro fresco e trito di erbe mediterranee.»

«Evviva la patria!» Stefano scherzò quando ebbe finito l'ultima forchettata. Quei bucatini erano una autentica squisitezza, e propose a Cecilia di ordinarne una seconda porzione.

«Perché privarci di un'altra specialità? Probabilmente gli altri piatti sono all'altezza di questo!»

«Lo escludo. E comunque preferisco attenermi alla mia regola: se trovi il massimo, non cercare il meglio.» Ridacchiò. «Vale anche per te. Sei il massimo.»

«Sono troppo felice per smentirlo.»

«È la cosa più bella che potevi...»

Fu interrotto da un giovane cameriere, sbucato da chissà dove. «Avete deciso per il secondo?»

«Un altro piatto di pasta tricolore» rispose Cecilia.

«E un altro vino come questo» Stefano aggiunse indicando la fiaschetta ormai vuota.

Il freddo accumulato durante la lunga giornata trascorsa girando per la città era sparito e Cecilia si sentiva euforica, rilassata, avvolta da una sensazione di calore che non proveniva soltanto dal vino o dalla stufa, ma si irradiava da ogni fibra del suo corpo.

Stefano allungò le mani sul tavolo per cercare le sue. Fece per dire qualcosa, ma rimase a guardarla in silenzio. I grandi occhi di Cecilia scintillavano. Se la perdessi morirei, pensò con la fitta di malinconia dei momenti più felici.

Il giovane cameriere si avvicinò di nuovo al loro tavolo. «Vi porto qualcosa, mentre aspettate la pasta?»

«No, grazie.» La fitta era passata e Stefano gli rivolse un sorriso quasi grato.

La porta rossa si aprì ed entrarono due giovani coppie di colore. Il cameriere si allontanò per guidarli a un tavolo, abbastanza vicino perché Stefano e Cecilia udissero le ordinazioni fatte in un inglese scolastico e lento.

Il risotto delle due coppie arrivò mentre loro aspettavano ancora il bis dei bucatini. Cecilia rise. «A quanto sembra, in cucina stanno cercando di fare meglio del massimo!»

«O forse il cameriere mi ha letto nel pensiero e ha interpretato alla lettera il mio desiderio di prolungare questi momenti per l'eternità.»

«Prova a trasmettergli un nuovo messaggio: domattina alle dieci abbiamo l'aereo, accorci i tempi.»

In quel momento il cameriere si affacciò sulla porta della cucina e Stefano gli fece un gesto per richiamare la sua attenzione, picchiettando l'indice sull'orologio.

Il ragazzo annuì, e due minuti dopo comparve con la sospirata pasta tricolore. L'aroma delle erbe aromatiche risvegliò l'appetito ormai languente di Stefano e Cecilia. Erano arrivati all'ultima forchettata quando la porta rossa si spalancò e irruppe un fotografo. Con velocità fulminea, gli sparò in faccia due flash. Stefano rimase per qualche istante paralizzato dalla sorpresa. Quando si alzò era troppo tardi: il fotografo se n'era andato.

«È stato il cameriere! Mi ha riconosciuto e lo ha chiamato!»

Si alzò anche Cecilia e lo prese per un braccio. «Lascia perdere, paga il conto e andiamo.»

«Vado prima a dirgli quello che si...»

«Calmati, non è successo niente!»

Sembrava sincera. Nella sua voce non c'era traccia di

preoccupazione e il sollievo smorzò la furia di Stefano. «D'accordo. Però voglio sapere dal cameriere il nome del fotografo per riavere il rollino.»

«Magari si tratta di un suo amico che voleva una foto del suo cantante preferito. Dai, torniamo in albergo.»

Lui non ne era affatto convinto, ma il timore che a quella breve intrusione seguisse un vero assalto lo spinse a cedere. «E va bene, andiamo.» La prese per un braccio. Davanti al portoncino rosso Cecilia si fermò. «E il conto? Non hai pagato il ...»

«La cena è offerta dal fotografo. Se ci sta aspettando all'uscita, gli faremo pagare anche l'albergo» disse, sperando che il tono scherzoso celasse la sua tensione.

Più ci pensava e meno lo convinceva la rassicurante teoria di Cecilia. Un fan non aveva alcun interesse a una foto rubata e senza autografo del divo, ma voleva essere ritratto al suo fianco. E perché quella fuga precipitosa? Non aveva mai visto un fan scappare alla presenza di un suo idolo. L'unica speranza era che lo scoop fosse il colpo di fortuna del solito fotografo nottambulo avvertito da una soffiata. In questo caso gli mancava il tempo di mobilitare i colleghi e, soprattutto, ignorava in quale albergo assediarlo.

*A meno che non ci stia aspettando qui fuori per seguirci*: duecento metri di tragitto durante i quali sarebbero stati esposti a tutti gli scatti che voleva. «Aspetta un attimo» disse a Cecilia allontanandola dalla porta rossa. Uscì da solo e fece qualche passo guardandosi intorno: il fotografo sembrava sparito. «Via libera» disse rientrando.

Seguendo un moto istintivo, si sfilò il giaccone e lo calò sulla testa di Cecilia. «Forza, muoviamoci» disse prendendola per mano e guidandola fuori.

«Sei pazzo? Sto soffocando!» lei protestò ridendo, come se fosse un gioco.

«Corri e taci», le intimò nello stesso tono. Si rilassò

soltanto quando furono davanti all'atrio ancora illuminato dell'albergo: tolse il giaccone dalla testa di Cecilia e la spinse oltre la porta.

«Sei paranoico» lo prese in giro poco dopo, mentre si infilava nel letto accanto a lui.

«Cecilia, devi essere pronta a...»

Gli posò le dita sulle labbra. «Non guastiamoci l'ultima sera con discorsi seri o problemi.»

«Forse dovremmo ripartire con due aerei diversi. Se le cose stanno come...»

«Non ci penso nemmeno!» lo interruppe.

Le "paranoie" di Stefano finirono dieci giorni dopo il ritorno da Londra: tutti i rotocalchi avevano avuto il tempo utile per pubblicare le immagini rubate della rockstar con il suo "amore segreto", e invece niente. Non era comparso neppure un trafiletto.

Giuliana aveva passato ore a sfogliare giornali, sintonizzarsi coi siti pettegoli. «Per questa volta ti è andata bene» gli aveva detto, sollevata anche lei.

Stefano si ripropose di essere, se possibile, ancora più prudente. Sapeva, *sentiva* che tutte le resistenze di Cecilia stavano crollando e che molto presto sarebbe stata pronta come lui a rendere la loro relazione un rapporto stabile e ufficiale. E non poteva permettere alla grancassa di uno scoop di rovinare tutto, ributtandola nei dubbi e nella paura.

Sto diventando paranoica anch'io, Cecilia pensò la sera del 16 dicembre, mentre si dirigeva verso il parcheggio del mobilificio per ritornare a casa. Era stata una giornata interminabile e stressante, ma tutte le giornate lo erano da quando Stefano aveva smesso di venire a dormire da lei e i loro incontri sembravano quelli di due ricercati o di due spie. Alla fine, era riuscito a contagiarla con la sua fissazione.

Che cosa altro era, se non paranoia, la certezza che dopo il ritorno da Londra qualcuno la stesse seguendo? O l'inquietudine che l'aveva presa quando il portiere le aveva detto che una ragazza del Comune, incaricata di un censimento, si era presentata da lui per chiedere informazioni su tutti gli inquilini dello stabile mostrando una particolare curiosità per lei? Quello stesso giorno il redattore di una rivista di arredamento si era recato da Gina per intervistarla sul "miracolo" del mobilificio Cerri: quali erano state le strategie vincenti per trasformare una anonima fabbrica in uno dei punti di riferimento più autorevoli nel settore dell'arredamento? "Ovviamente gli ho parlato anche di te", Gina le aveva detto.

*Sono solo coincidenze, rilassati.* Cecilia salì in macchina e mise in moto, dopo aver istintivamente controllato nello specchietto retrovisore che nessuno la stesse seguendo. Vedeva fantasmi anche sua figlia?

Il sabato prima l'aveva portata alla Rinascente per comperarle un giubbino foderato uguale a quello della sua compagna di banco. E mentre erano sulla scala mobile Francesca le aveva sussurrato: "Mamma, c'è uno che ci sta venendo dietro da quando siamo entrate".

Rilassati, si ripeté. Riuscì a farlo soltanto dopo che entrò in casa, finalmente al sicuro. E poco dopo, quando Stefano la chiamò, si rasserenò del tutto. Il loro contatto più intimo erano diventate le interminabili telefonate che lui le faceva non appena riusciva ad appartarsi. Chiacchieravano, scherzavano, si raccontavano ogni particolare delle loro giornate. Stefano si guardava bene dal confidare a Cecilia l'oscura ansietà che avvertiva, come la premonizione di una catastrofe: e ignorava che lei faceva altrettanto, imponendosi lo stesso sforzo per non parlargli dei suoi sospetti e delle sue inquietudini.

Cecilia non voleva alimentare le sue paranoie né costringerlo a simulare una tranquillità che non poteva avere. A mezzanotte, prima di spegnere la luce, fu lei a chiamarlo. E anche quella telefonata finì con le sole rassicurazioni che potevano darsi: ti amo, ti amo anch'io. Chiamami appena ti svegli. È la prima cosa che farò, Cecilia.

Si addormentò cullata dalle ultime parole di lui: dormi bene, amore mio. E fu lo squillo del telefono a farla riemergere da un lungo sonno senza incubi e soprassalti. Allungò la mano per sollevare il ricevitore e se lo portò all'orecchio.

«Che cazzo stai combinando?»

Cecilia si sollevò di scatto. «Lorenzo?» esclamò incredula, chiedendo la conferma soprattutto a se stessa.

«Già, Lorenzo. Il padre di tua figlia. O ti sei scordata della nostra esistenza?» ringhiò. Era furioso.

«Sei impazzito?»

«Dovrei domandarlo a te. Solo una pazza o una adolescente esaltata può comportarsi in modo tanto irresponsabile!»

Un campanello d'allarme irrigidì Cecilia. «Piantala con questi enigmi e parla chiaro» disse brusca, mettendosi sulle difensive.

«Alza le chiappe e va' in edicola» Lorenzo disse gelido interrompendo la telefonata.

*Mio Dio, no.* Cecilia rimase per qualche minuto immobile, annientata dall'umiliazione e dall'angoscia. Con uno sforzo sovrumano rimise la cornetta al suo posto. *Mio Dio, no.* Il telefono squillò di nuovo. Avanti, rispondi, prenditi un'altra dose di insulti.

Non era Lorenzo. Era Stefano. Non le lasciò nemmeno il tempo di aprire bocca. «Sto venendo da te, resta in casa e aspettami.»

Infilò una vestaglia e andò a sedersi in salotto. Stefano arrivò dieci minuti dopo e aprì con le sue chiavi. Come la vide, la schiena curva e lo sguardo perduto nel vuoto, immediatamente capì che tutte le cautele e il tatto con cui si era preparato a darle la notizia non servivano più: qualcuno le aveva già detto, e nel modo più impietoso, che la loro storia era diventata di dominio pubblico.

Si avvicinò a lei e le si sedette accanto, cingendole le spalle. Cecilia non si ritrasse. Sadicamente aspettava che le dicesse "sono desolato", "doveva succedere", "non fare così" per scaricargli addosso una furia liberatoria.

«È molto peggio di quello che credessi» disse invece dopo un lungo silenzio.

Cecilia fu più sorpresa per quell'inaspettato commento che spaventata da ciò che preannunciava. «Lorenzo mi ha detto di leggere i giornali. Che cosa hanno scritto esattamente?» chiese girandosi verso di lui.

«Molto poco: in un trafiletto di prima pagina, sotto una nostra fotografia gentilmente concessa da *Oggi*, i principali quotidiani preannunciano tutti i particolari della nostra storia d'amore che il settimanale pubblicherà nel numero in edicola domani. Devi essere pronta a tutto, Cecilia.»

Un tremulo sollievo allentò il nodo d'angoscia. «Non è un rotocalco scandalistico» mormorò «e forse...»

Stefano scosse malinconicamente la testa. «Gli altri rotocalchi arriveranno a ruota, in una gara di particolari più o meno inventati mirati a fare sensazione e scandalo.»

Il pensiero della figlia colpì Cecilia come una stilettata. «Li leggerà anche Francesca! E anche le sue compagne di scuola! Come ho potuto farle questo?» gridò scoppiando in singhiozzi.

Stefano ritrasse il braccio dalle sue spalle. «Anche per me Francesca è stato il primo pensiero. Bisogna che tu le parli subito, prima che cominci il massacro.»

«Per dirle che cosa? Che ho una storia d'amore con...»

«Con Stefano Zennaro. Un uomo perbene che fa il musicista, non un terrorista o un serial killer. È quello che devi spiegare anche a suo padre.»

«Mi ha sbattuto il telefono in faccia, mi ha dato dell'irresponsabile e della pazza!»

«Allora gli parlerò io.»

Cecilia gli lanciò un'occhiata di fuoco. «Stanne fuori, Stefano.»

«Ci sono dentro quanto te. Posso soltanto andare fuori, se non ce la fai ad affrontare quello che ci aspetta. Io ho le spalle forti, ma non devo mettere in gioco la serenità di una bambina né sfidare due famiglie timorate. Se mi chiedi di sparire, ti giuro che questa volta lo farò davvero. Io volevo costruire il mio futuro con te, non distruggerti la vita.»

Cecilia alzò gli occhi su di lui. Era terreo. Gli afferrò una mano. «Non posso lasciarti, non ce la farei mai...»

«Se lo decidi davvero, affronteremo tutto insieme. Ho le spalle abbastanza forti anche per te.»

Stefano si guardò bene dal dire a Cecilia che prima di correre da lei aveva già avuto le avvisaglie del ciclone che stava per abbattersi anche su di lui. Era stata Giuliana, notoriamente mattiniera, a svegliarlo alle sette con una imperiosa telefonata: «Sei nei guai! Sto venendo a casa tua».

Era arrivata con un fascio di quotidiani. «Leggili: prima di sera i tuoi discografici, il tuo agente, il tuo ufficio stampa e il tuo avvocato ti rivolteranno come una buccia di fico.»

«È la mia vita privata, Giuliana.»

«La vita privata degli Zen ha due limiti stabiliti dal vostro contratto: niente matrimonio prima di tre anni dalla data della firma e nessuna relazione amorosa resa notoria senza la previa approvazione dell'ufficio stampa della vostra casa discografica. Come la mettiamo, Stefano?»

«Sono due clausole del cazzo. Americanate.»

«Ma le avete firmate. Tutti e quattro.»

«Cercherò un battagliero avvocato. Mi rivolgerò al Tribunale per i diritti dell'uomo.»

«Non scherzare, non tira proprio aria.»

Il ciclone si abbatté su Stefano alle quattro del pomeriggio, quando Enrico lo trascinò quasi di forza alla riunione convocata in gran fretta da Teddy Edwars, amministratore delegato della loro casa discografica. Più che una riunione, sembrava un processo: da una parte gli Zen, dall'altra il boss con il suo legale e il responsabile dell'ufficio stampa.

Il legale lesse le clausole di cui Giuliana aveva parlato poche ore prima. Il responsabile dell'ufficio stampa riassunse in una dolente arringa tutti i danni finanziari e di immagine che il "discutibile" matrimonio del leader del complesso avrebbe provocato.

Edwars troncò l'elenco e inchiodò lo sguardo su Stefano. «Basta così. Fermi restando i provvedimenti che si renderanno necessari, oggi stesso concorderai un comunicato stampa per smentire questa ridicola storiella e precisare che tra te e questa signora non può esistere che una...»

Stefano si alzò di scatto. «*Questa signora* diventerà mia moglie. E non ho altro da aggiungere.»

Il boss si fece paonazzo. «Siediti subito! Non puoi sposarti, *per contratto!*»

Stefano rimase in piedi. «Sennò che succede?»

«Posso sbatterti fuori dal complesso e stroncarti la carriera.»

«Lo sa come si dice in Italia? Tagliarsi il cazzo per fare dispetto alla moglie. Se è questo che vuole, liberissimo. Per rendere le cose più facili, posso andarmene io stesso, subito.»

Poiché Edwars ebbe un attimo di esitazione, intervenne pronto il legale. «In qualunque modo tu lasci il complesso, dovrai pagare una penale altissima. Nemmeno immagini quanto alta.»

Stefano sogghignò. «E lei nemmeno immagina quanto è ricco mio padre. Resterebbe in mutande pur di vedermi smettere con questo lavoro.»

Seguì un silenzio tombale. Fu il responsabile dell'ufficio stampa il primo a riprendersi. «Questa riunione purtroppo è degenerata. Stefano, nessuno vuole mandarti via. Dobbiamo soltanto mettere a fuoco il problema del tuo matrimonio.»

«Quale problema? Mi sposo e basta. Se vi sta bene, io resto con gli Zen, se intendete opporvi e chiedere i danni, fatemi scrivere dall'ufficio legale.» Prima di uscire, si rivolse a Enrico: «Ti aspetto sotto casa tua, devo parlarti».

Piero lo raggiunse mentre stava aprendo la portiera della macchina. «Con il tuo bluff li hai stecchiti, stesi! Bravo, così si fa.»

«Non è un bluff, Piero.»

«Ehi, ti sei mangiato il cervello? Davvero ti giocheresti tutto per sposare la vecchietta?»

Stefano gli si avventò contro con i pugni alzati, pronto a colpirlo, ma come lo vide arretrare con l'aria di un coniglio spaventato la furia sbollì di colpo. Era soltanto un poveraccio e l'unica reazione che poteva suscitare era di pena. Gli girò le spalle e salì in macchina.

No, non era stato un bluff. E lo ripeté un'ora dopo anche a Enrico. «Per sposare Cecilia sarei disposto persino a strisciare davanti a mio padre.»

«Tranquillo, non ce n'è bisogno. Senza Zennaro gli Zen sarebbero finiti e, per dirla con parole meno rozze delle tue, Teddy Edwars non rinuncerebbe mai a una miniera d'oro per farti un dispetto. Non dimenticare che abbiamo firmato un'altra clausola: gli diamo il venti per cento di tutti i nostri proventi, concerti compresi.»

«Facciamo cancellare anche questa?»

«Stefano, lascia perdere le battute. L'ufficio stampa è riuscito a procurarsi il numero di *Oggi* prima dell'uscita in edicola e ci ho dato un'occhiata. La copertina strilla *È una ragazza madre l'amore segreto di Stefano*. E all'interno, questa ragazza viene presentata ai lettori: chi è, quanti anni ha, dove lavora, come vi siete conosciuti, come avete fatto a non farvi scoprire. Il tutto corredato da un paio di servizietti fotografici niente male: tu che a Taranto scaraventi fuori dalla macchina l'autista e semini i fotografi per correre nella notte dall'amata, la vostra fuga con la bambina dal campeggio di Ostuni, le vostre romantiche effusioni durante la vacanza a Londra…»

Stefano si prese la testa tra le mani. «Cecilia non sopravvivrà… Le toglieranno la figlia, la faranno a pezzi…»

«E tu te ne starai a guardare?»

«Che cosa posso fare?» chiese disperato.

«Per cominciare, le puoi evitare un infarto: va' a casa sua e anticipale quello che uscirà su…»

«Mi sento sprofondare dalla vergogna. Non oso nemmeno guardarla negli occhi.»

«E allora chiamala. Forza.»

Stefano, con un sospiro, tolse il cellulare dalla tasca del giubbotto e lo accese. Il display segnalava otto chiamate senza risposta: sei erano di Cecilia.

Gli rispose al secondo squillo. «Giuliana ti ha cercato a casa mia. Ho saputo della tua riunione e sono preoccupata per te.»

«Va tutto bene. Ti raggiungo subito.»

# X

Il telefono squillò la prima vola alle otto del mattino. Stefano e Cecilia, stremati da una notte trascorsa girando a vuoto nell'angosciosa ricerca di una via di uscita, si erano da poco addormentati: il sonno leggero e senza riposo del corpo che crolla perché ha bisogno di una tregua.

Al secondo squillo Cecilia sollevò la cornetta con la mente lucidissima e Stefano si drizzò sul cuscino.

«Sono tuo padre. Avrei preferito leggere che hai avuto un incidente piuttosto che…»

«Fa' conto che sia morta» Cecilia lo interruppe, interrompendo anche la comunicazione. Rivolse un pallido sorriso a Stefano. «Per mio padre non sarà una gran perdita.»

La seconda telefonata arrivò un quarto d'ora dopo. «Chi è?» Cecilia rispose con malgarbo.

Udì uno scoppio di pianto. «È mia madre» sussurrò a Stefano scuotendo la testa. Aspettò con volto rassegnato che i singhiozzi finissero. Tra un singulto e l'altro sua madre riuscì a mirare al bersaglio. «Credevo di avere toccato il fondo della vergogna undici anni fa… E invece questa volta è ancora peggio…»

Stefano le strappò la cornetta dalla mano e riagganciò. «Adesso basta.»

«E perché? Lasciami tagliare i rami secchi.»

La madre di Lorenzo la chiamò tre giorni dopo, quando uscì *Novella 2000*. La "coppia dello scandalo" era ritratta in esclusiva in una trattoria di Londra. *Il bello Stefano si è ridotto a pasta e Ceci* si leggeva sotto la fotografia che li ritraeva mentre divoravano la seconda porzione degli indimenticabili bucatini tricolore. *Ceci* era lo spiritoso diminutivo con cui tutto l'articolo si riferiva a lei, la *non più giovanissima* Cenerentola che aveva stregato il musicista miliardario più amato dalle italiane.

«Ti sembra onesto quello che ci stai facendo?» la madre di Lorenzo l'aggredì senza preamboli, con voce vibrante di rimprovero.

«Anna, ho ventisette anni compiuti. È disonesto se anch'io cerco di costruire la mia vita?»

«Certamente no! È quello che tutti speravamo per te, vederti sistemata e serena accanto a un uomo...»

«Affidabile come Carolina?» Cecilia esplose. Tutto come da copione. «E, per caso, volevate sceglermelo voi, questo uomo?»

«I tuoi genitori dicono che hai perso la testa. Ma ho sempre avuto il sospetto che già a sedici anni tu fossi priva di controllo e di senso morale.»

«Finalmente hai gettato la maschera, Anna. A questo punto, risparmiamoci lo sforzo di sentirci ancora.» Zac, un altro ramo reciso.

Tempo di bere un bicchiere d'acqua, e arrivò un'altra delle telefonate che mancavano all'appello: il padre di Lorenzo. «Ho appena sentito quello che hai detto ad Anna. Non ti vergogni di esserti portata l'amante in vacanza con tua figlia? E non ti vergogni di quello che le hai fatto? Si rifiuta di uscire, non vuole andare a scuola, non vuole mangiare!»

Il ramo secco le penetrò nel cuore, e per qualche istante non riuscì nemmeno a respirare. «Voglio vederla. Avverti Lorenzo e Carolina che...»

Il clic della comunicazione interrotta la fece sobbalzare. Stefano arrivò un'ora dopo e la trovò in balia di una crisi di panico. «Lorenzo è avvocato come suo padre e credo che vogliano portarmi via Francesca... È per questo che né lui né Carolina si sono fatti ancora vivi.»

«Cecilia, calmati. I figli si portano via soltanto alle madri indegne, spesso neanche a quelle. Adesso chiami Lorenzo e gli dici che vuoi parlare con la tua bambina. Se si rifiuta, ti rivolgerai a un avvocato.»

Lo chiamò all'ora di cena, quando fu certa di trovarlo a casa. Vide Stefano allontanarsi discretamente. Si era preparata a difendersi dalla peggiore delle aggressioni, e il suo tono pacato sulle prime la disarmò. Senza accusarla di nulla, senza fare alcun cenno alla sua "scandalosa" relazione le disse che comprendeva il suo desiderio di parlare con Francesca e non poteva certamente vietarglielo. Tuttavia le suggeriva di rimandare l'incontro di qualche giorno, il tempo necessario perché la bambina potesse elaborare l'accaduto.

«Fra qualche giorno è Natale!» Cecilia urlò. Quell'*elaborare l'accaduto* le aveva fatto perdere le staffe. «Invece di usare questo tono ipocrita e mellifluo, perché non butti fuori quello che senti? Lo hai sempre fatto. In tutti questi anni non abbiamo mai avuto paura di litigare, insultarci, sbatterci la verità in faccia. Perché non parliamo anche della mia storia con Stefano Zennaro? Perché non mi lasci spiegare...»

«Come hai detto a mia madre, la vita è tua.»

«Vedo che è entrato in funzione un perfetto tamtam famigliare!»

«Se è una battuta...»

«... Fa ridere solo me. Del vecchio Lorenzo è rimasta solo questa gag?»

«Cecilia, sono preoccupato e arrabbiato! Vuoi che ti sbatta la verità in faccia? Se non ne esci subito, questa storia sarà la rovina della tua vita. Sai bene che non potrà durare, ma il futuro te lo sarai giocato per sempre. Ammesso che ti riprenda dall'abbandono, non sarai più abbastanza giovane per ricostruirti un rapporto stabile. E troverai sulla tua strada solo uomini eccitati all'idea di farsi un giro con la donna che per qualche tempo fece perdere la testa al bello Stefano degli Zen.»

«Questo è volgare e arbitrario! Che cosa ne sai del nostro rapporto? Hai mai parlato con il *bello* Stefano?» Cecilia si accorse che Stefano si era avvicinato di nuovo e, fermo sulla porta, stava ascoltando.

Tagliò corto. «Ti ho chiamato per Francesca e ho sbagliato a allargare il discorso. D'accordo, rimanderò il mio incontro con lei di qualche giorno: verrò a prenderla la mattina della vigilia, come sempre.»

«Non posso oppormi, ma io avevo deciso di partire domani per Nizza con lei e con Carolina e di tornare il 5 gennaio.»

«E che cosa aspettavi a dirmelo?»

«Vuoi sempre la franchezza a tutti i costi? Non ci ho nemmeno pensato. La mia sola preoccupazione è stata portare Francesca via da questa bolgia, scegliere un posto fuori dall'Italia dove possa uscire senza vedere nelle edicole la tua faccia, senza vergognarsi di passare dalla portineria o di entrare dal cartolaio per comprare un quaderno. Carolina è in stato di avanzata gravidanza e ti assicuro che soltanto la preoccupazione per Francesca ci ha spinti a questa vacanza non programmata lontani da Milano e dal suo ginecologo.»

Lorenzo non era un ramo secco, pensò riagganciando, ma con il tempo si era trasformato in un albero di specie sconosciuta e diversa. E il timore che anche Francesca diventasse una figlia estranea le strinse il cuore.

Stefano si avvicinò a lei. Aveva sentito e capito abbastanza per sentirsi offeso, ma Cecilia aveva subito una vera violenza e non trovava parole per consolarla. «Dimmi come posso aiutarti» sussurrò.

Cecilia si aggrappò a lui. «Prestami le tue spalle... Ho paura di crollare.»

Il massacro continuò. Scandagliata la vita di Cecilia, fu Stefano il nuovo oggetto di rivelazioni, pettegolezzi e scoop. *Eva tremila* ricostruì attraverso le testimonianze dei vecchi amici di Biella e di una fidanzatina del liceo la giovinezza dorata del figlio di Zennaro e un sedicente amico di famiglia parlò con dovizia di particolari del dramma del Cavaliere quando l'unico figlio cominciò a tralignare: notti fuori di casa, amicizie pericolose, esistenza da zingaro.

*Gente* strillò in copertina un grande scoop: lo sfogo della madre di Stefano. Tra i testimoni del lacerante conflitto tra padre e figlio, finito in una rottura senza scampo, parlava anche lei, la promettente soprano che aveva abbandonato la carriera e il successo per amore. Era orgogliosa del successo di Stefano, minimizzava il conflitto che era soprattutto "generazionale", si diceva certa che prima o poi padre e figlio si sarebbero ritrovati e riteneva Stefano un ragazzo stupendo: la definizione di *pecora nera* le sembrava offensiva e infondata.

Richiesta di esprimere una opinione su Cecilia, la donna che sembrava avere fatto perdere la testa a suo figlio, la signora Zennaro si era fatta più cauta: non la conosceva, non dubitava che fosse una brava persona, tuttavia quello che aveva letto di lei sui giornali la lasciava molto perplessa e sperava con tutta se stessa che si trattasse di una infatuazione. Insomma, una ragazza madre più grande di età, e con un passato alle spalle, non poteva certamente apparirle la nuora ideale.

Fu la prima volta che Cecilia vide Stefano infuriato dopo la lettura di un giornale. «Anche io ho dei rami secchi da scrollarmi di dosso. Come si è permessa di esprimere questi giudizi su di te? Adesso la chiamo e le dico di mettersi in quel posto la sua certezza di una riconciliazione. Ho chiuso con mio padre, e adesso chiudo anche con lei.»

Cecilia lo supplicò di non farlo. «Quante altre rotture, quante altre perdite dobbiamo lasciarci alle spalle? Tua madre ha ragione. Se tu fossi mio figlio, sarei preoccupata e perplessa quanto lei!»

Ai colpi d'ascia di didascalie maliziose, battute pesanti e doppisensi volgari si aggiunse la persecuzione degli appostamenti. Ormai avevano smesso di nascondersi, e ogni volta che uscivano trovavano qualche fotografo sotto al portone. E ovunque andassero, venivano inseguiti o sorpresi. Uno psicologo specializzato in diagnosi volanti e test da rotocalco diagnosticò che Stefano era stato folgorato dal complesso d'Edipo: aveva scelto "Ceci" per l'inconscio bisogno di una figura materna. E chi meglio di una *non giovane* ragazza madre poteva assolvere questo ruolo?

Paradossalmente, fu proprio questo accanimento a fare rialzare le spalle di Cecilia. Se fosse rimasto entro i limiti del buon gusto e delle critiche opinabili, avrebbe suscitato in lei dubbi e riflessioni. Ma il gioco al massacro era talmente rozzo, gratuito e impietoso che d'un tratto smise di sentirsene coinvolta. Era come se parlassero di una estranea o di un rapporto di coppia in cui era impossibile identificarsi. *Ceci* e *Zen* non erano lei e Stefano.

E quando realizzò questa realtà, si rese conto che tutte le sue paure erano sparite. Nessuna unione poteva essere risparmiata da problemi e difficoltà né fondarsi sulla certezza che l'amore durasse per sempre, ma finalmente era pronta a compiere l'atto di fede.

«Ti amo» disse una sera a Stefano.

«Lo so. Ma grazie per ricordarmelo spesso.»

«È la prima volta che lo dico con felicità, e non per rassicurarmi.»

«Anche se non è chiarissimo, significa che non hai più paura?»

«No: adesso sono sicura di avere trovato l'uomo giusto.»

«Sicura al punto di sposarmi?»

«Prova a chiedermelo.»

Trascorsero la sera della vigilia a casa di Giuliana, che aveva invitato anche Enrico. Cecilia si era preparata a subire una specie di esame da parte delle due persone più vicine a Stefano e, nonostante tutte le rassicurazioni che lui le aveva fatto, temeva che disapprovassero o fossero preoccupati per la loro improvvisa decisione di sposarsi.

Ogni disagio sparì di fronte alla cordialità con cui fu accolta. Enrico le sembrò irresistibile: dietro il suo sarcasmo e le sue battutacce si avvertiva il bisogno di sdrammatizzare e, forse, di attutire un eccessivo coinvolgimento. Il suo affetto per Stefano era lampante.

Soltanto alla metà della cena buttò lì con noncuranza: «L'idea di sposarvi subito non mi sembra così pazzesca e, visto che non posso corteggiarti, vorrei essere il tuo testimone».

Stefano strizzò l'occhio a Giuliana: «E io dovrò accontentarmi di te».

«Se sarò sopravvissuta all'organizzazione della cerimonia.»

«A me basta tenere lontani fotografi, telecamere e assembramenti di folla» Stefano replicò.

«Siccome non possiamo trasferirci su Marte, debbo trovare un luogo pressoché disabitato, un prete muto, una chiesetta dove le pubblicazioni non diventino oggetto di scoop e sperare nella collaborazione discreta degli ufficiali anagrafici.» Si rivolse a Cecilia. «Dovrai darmi tutte le indicazioni per fare i tuoi documenti, e dirmi anche la chiesa in cui sei stata battezzata per richiedere il certificato.»

Giuliana non era soltanto una donna efficiente e pratica, ma anche piena di umorismo e di calore umano. Stefano aveva trovato molto più che una assistente insostituibile: una amica fedele.

Cecilia si sentiva inorgoglita come una bambina per la simpatia che Giuliana le stava dimostrando: era un segno che l'aveva accettata, che collaborava all'organizzazione del matrimonio con compartecipazione e non perché costretta a farlo.

«Al posto vostro» sparò Enrico «mi sposerei con una cerimonia grandiosa invitando giornalisti, fotografi e telecamere. Sarebbe l'unico modo per sparire dalle copertine e placare la morbosa curiosità di tutti.»

«Ci ero arrivata da sola!» ribatté Giuliana. «La fotografa ufficiale della cerimonia sarò io, e invierò all'ANSA qualche scatto da mandare ai giornali.»

Stefano rise. «Questo non me l'avevi detto.»

«Se sapessi quante cose non ti dico!»

Intervenne Enrico. «A proposito di omissioni, stamattina ho ricevuto una lunga telefonata da tua madre.» Il tono scherzoso contrastava con lo sguardo serio con cui fissò l'amico.

«Alludi alla signora che rilascia interviste grondanti amor materno e critiche velenose?»

«Una sola. E come sempre sono state estrapolate dal discorso le frasi più...»

«Se avesse tenuto la bocca chiusa, non avrebbero estrapolato niente.»

Intervenne Giuliana. «Stefano, domani è Natale.»

«Questo sì che è uno scoop!»

Cecilia si schiarì la voce. «Enrico e Giuliana hanno ragione. Chiamala. Chiedile una spiegazione.»

«Tu lo faresti con i tuoi genitori?»

«Mia madre si vergogna di me, mio padre preferirebbe vedermi morta che...» Si interruppe. «Scusatemi.»

«Scusami tu» Stefano disse stringendole una mano.

Fu Enrico a dissipare l'ombra di tristezza prima che diventasse una cappa. «Ma quante ne avete dovute passare? Vi segnalerò per il "Giulietta e Romeo d'oro". Sapete, la famosa targa che danno ogni primavera a Minneapolis agli amanti impossibili.»

«Quella che consegna Cecil B. Dexter in diretta televisiva dal Pamper's Theatre?» rise Stefano. Si rivolse a Cecilia. «Inventare personaggi e luoghi inesistenti è la specialità di Enrico, come pure attribuire a Proust o a Kant citazioni sue.»

«C'è qualcuno che conosce a memoria tutte le opere di uno scrittore o di un filosofo? Sono mai stato smentito?»

Giuliana alzò una mano. «Da me. Con quel Pamper's Theatre avevi azzardato un po' troppo. Stefano non te lo ha mai raccontato, Cecilia? Agli inizi della loro carriera, quando gli Zen erano ancora alla ricerca di una etichetta discografica, si inventarono un curriculum inesistente includendo tra le loro credenziali un premio ricevuto a Minneapolis dal famoso, e naturalmente inesistente, Cecil B. Dexter.»

L'allegria era tornata. E Cecilia raccontò a sua volta del suo primo incontro-scontro con Stefano al mobilificio, nel "reparto delle vergogne". «Il divano a forma di mano morta l'avevo disegnato io, su ordinazione di un cliente folle, e il modello ebbe tanto successo che i Cerri lo serializzarono. Posi come condizione che non portasse la mia firma. E siccome i Cerri insistevano perché...»

«Gesù!» la interruppe Stefano. «Non dirmi che il famoso architetto Vinci eri tu!»

«Lo sono ancora. È diventato famoso a furia di tutte le linee che gli ho attribuito vergognandomi di firmarle.»

Enrico si alzò e corse ad abbracciarla. «Io adoro questa ragazza! Perché non ti ho conosciuto prima di Stefano?»

Alla fine di dicembre gli Zen partirono per una tournée in Spagna e Stefano non insistette per farsi seguire da Cecilia. In quei giorni l'aveva vista aspettare inutilmente una telefonata di auguri dalla figlia o un cenno di vita da parte di Lorenzo. Che razza di uomo era? Come poteva tormentare così una persona da cui aveva avuto rispetto, comprensione e amicizia? Stefano si tratteneva dall'affrontarlo soltanto per non rischiare di aggravare la situazione. E anche Cecilia, ne era certo, non voleva seguirlo in Spagna per il timore che altre immagini rubate e altri articoli, rendessero più problematico il trovare una soluzione amichevole per la figlia.

Cecilia trascorse l'ultima notte dell'anno a casa, sintonizzata con il solito programma televisivo tutto luci, brindisi e allegria.

Stefano la chiamò tre volte prima di mezzanotte e altre due nell'ora seguente. Lo sentiva sempre vicino, aveva la sicurezza di essere amata e con la fine di quell'anno anche il ciclone che si era abbattuto su di loro si stava allontanando.

## XI

Cecilia amava la natura, ma non aveva mai abitato in campagna. Non si vergognava ad ammettere che i rumori e il traffico non le davano alcun fastidio. Adorava il familiare microcosmo della sua strada: l'edicola, il bar, la pizzeria, il fornaio, il susseguirsi di negozi. Nelle sere d'inverno rientrava a casa tra le vetrine illuminate e le insegne luminose. Accendeva la luce, e dalla sua finestra scorgeva la luce delle finestre del palazzo di fronte.

La vecchia villa che Stefano aveva fatto ristrutturare in Brianza era in mezzo a un piccolo parco, poco distante dal centro abitato, ma circondata da un alto muro di pietra. Dopo il matrimonio, sarebbe andata a vivere in quella villa con Stefano: lui vi aveva abitato saltuariamente, ed era arrivato il momento di portarvi tutte le loro cose e provvedere all'acquisto di ciò che mancava.

Cecilia vi si recò con Giuliana a fare un inventario e per la prima volta poté visitarla con calma. Era una splendida casa di fine settecento arredata con grande gusto, ma troppo silenziosa, troppo isolata.

Il pensiero di sua figlia accrebbe l'istintiva sensazione di disagio.

Non le piaceva andare a vivere a trenta chilometri da Francesca e già pensava ai "che facciamo, mamma", "mi sto annoiando, mamma" di quando avrebbe ripreso a trascorrere i fine settimana con lei. Non poteva portarla al cinema o in un grande magazzino. E c'era il problema degli spostamenti: col traffico del mattino, a che ora avrebbe dovuto alzarsi per arrivare puntualmente al lavoro? E a che ora sarebbe riuscita a tornare?

Mentre erano in coda per rientrare a Milano, Cecilia espresse le sue perplessità a Giuliana, pregandola vivamente di non dire niente a Stefano.

«E invece dovresti proprio dirglielo! Io sono come te, adoro il traffico e il cemento, e non potrei mai seppellirmi qui!»

«Cenerentola che dice al principe azzurro "portami in un altro castello perché il tuo non mi piace"?»

«Stefano potrebbe concordare una permuta con l'immobiliare che gliel'ha venduta oppure con l'impresa che ha curato la ristrutturazione. So che a suo tempo c'era una lista lunga così di aspiranti compratori.»

«Non se ne parla nemmeno. Abbiamo troppi problemi per aggiungerci anche quello della ricerca di un'altra casa. Col tempo mi abituerò.»

Nonostante l'avesse nuovamente pregata di non far cenno a Stefano di quanto le aveva detto, Giuliana affrontò il discorso subito dopo il ritorno degli Zen dalla tournée in Spagna. E Stefano gliene fu grato: non voleva che Cecilia "si abituasse" ad adattarsi e a sacrificarsi vivendo dove non le piaceva e col rischio di cadere in depressione.

Nell'attesa di vendere o permutare la villa potevano restare nell'appartamentino di Cecilia, e nel frattempo cercare insieme l'abitazione definitiva in una zona del centro.

Il giorno dopo, il problema era già stato risolto. Umberto aveva appena acquistato un appartamento di duecento metri all'ultimo piano di un vecchio palazzo di corso Garibaldi, con due deliziosi balconi dalle ringhiere in ferro battuto. Ma se ne era già pentito, perché usare lo stesso ascensore di anonimi condomini o entrare a casa avvolto dall'odore di minestrone o di soffritto gli sembrava decisamente in contrasto con la sua concezione di una residenza da star: isolata, inaccessibile, immersa nel verde come la villa di Stefano. E quando seppe che Stefano intendeva venderla o permutarla, gli propose immediatamente lo scambio: il suo appartamento contro la villa, ovviamente impegnandosi a versare la differenza.

Ebbe un breve tentennamento quando Stefano gli disse che era impossibile costruire una piscina nell'area del giardino e del parco, ma il suo entusiasmo riemerse intatto quando ne apprese la ragione: la villa era soggetta ai vincoli imposti a tutte le costruzioni di interesse storico o artistico, e la ristrutturazione era avvenuta dopo che il progetto era stato approvato dalla sovrintendenza delle Belle Arti. Abitare in un "monumento nazionale" poteva compensare l'assenza della piscina. «Fa ancora più immagine» Umberto spiegò all'amico Piero.

Prima di andare dal notaio e avviare le pratiche per la permuta, Stefano volle mostrare l'appartamento a Cecilia. E tra i suoi "non dovevi", "Giuliana ha esagerato", "non è giusto che ti privi della villa", lui captò lo sguardo rapito con cui osservava gli stucchi sui soffitti, le finestre a ogiva del soggiorno, la grande cucina luminosa.

È il mio regalo di nozze, stava per dirle. Ma capì per tempo che Cecilia non avrebbe mai accettato di farsi intestare l'appartamento. Una volta accertato che le piaceva, l'importante era acquistarlo. Propose a Umberto di rilevare anche l'arredamento della villa perché desiderava che fosse Cecilia a scegliere i mobili per la loro nuova casa: e Umberto acconsentì, attento solo a tirare sul prezzo. Fece anche una valutazione spropositata dei duecento metri di corso Garibaldi, ma Stefano accettò senza discutere considerandolo un valore adeguato all'apprezzamento di Cecilia.

Purtroppo non poteva fare nulla per risolvere il problema di Francesca. Al ritorno da Nizza la bambina aveva avuto un breve incontro con la madre e si era limitata a rispondere con un sì o un no alle domande che lei le rivolgeva, indifferente persino al regalo del diario elettronico che da tempo desiderava.

L'incontro successivo fece capire a Cecilia che né Lorenzo né i nonni avevano montato la figlia contro di lei o si erano lasciati sfuggire qualche discorso scabroso in sua presenza. Il comportamento ostile derivava direttamente da ciò che era stata costretta a subire per colpa sua: le occhiatine delle compagne, le loro domande morbose, i pettegolezzi crudeli che le venivano riferiti con la speranza di strapparle, come prova d'amicizia, una confidenza o uno sfogo.

D'un tratto Francesca era diventata "il passato di Ceci". Andava a scuola o camminava per strada vergognandosi come se fosse nuda: Cecilia sapeva di avere inflitto una profonda violenza ai suoi pudori e alla sua infantile timidezza. Aveva tentato di spiegarle, con parole adatte alla sua età, che tra lei e Stefano era nato un legame ben diverso da una infatuazione o da una avventura.

Negli occhi stretti a fessura era baluginato un lampo di compassione e di sarcasmo. «Mamma, tutte le mie compagne dicono che si innamorerà di un'altra!»

«Forse ci sposeremo... Presto» aveva osato.

«Non dire sciocchezze. Lui sposerà una ragazza.»

La nascita di Francesca aveva fermato la sua esistenza all'adolescenza interrotta e undici anni dopo, innamorandosi di un ragazzo di due anni minore d'età, si ritrovava direttamente nell'età matura: a nemmeno ventotto anni, era per tutti "*la non più giovane*" maliarda.

La battuta di Francesca non la feriva certamente per l'accenno alla sua età, ma per ciò che sottintendeva: mia madre sta con un ragazzo famoso che sicuramente la abbandonerà. *Questo* la feriva: la rabbia e l'umiliazione di sua figlia.

Firmo, l'agente degli Zen, fu l'ultimo ad arrendersi alla incredibile realtà: Stefano aveva perso davvero la testa per quella Ceci e, a sentire Umberto, stavano addirittura per sposarsi. Professionalmente era il suicidio.

Fu la prima cosa che spiegò a Stefano ricorrendo a tutti gli argomenti possibili per dimostrarglielo: il matrimonio è visto come un tradimento, fa vecchio, allontana le ragazzine e i ragazzini! La fine dei Beatles cominciò proprio dalle nozze di Paul con Linda!

Firmo era un ottimo agente, ma quando apriva bocca venivano fuori i suoi limiti: la mania di scientifizzare, la presunzione, la rozzezza dialettica.

«Non me ne frega niente» disse Stefano con calma alla fine del monologo.

Firmo si dichiarò *basito*: doveva desumere che quella donna veniva prima della carriera? Che nonostante tutto intendeva sposarla?

Anche Cecilia dovette affrontare un ultimo scontro, e ben più amaro. Lorenzo e il padre la convocarono nel loro studio per parlare di Francesca: sin dalla sua nascita ogni decisione era stata presa amichevolmente nell'ambito di due famiglie concordi. Ma la convivenza di Cecilia con Stefano Zennaro aveva spezzato questo clima amichevole e per il bene della bambina si rendeva necessario stabilire regole e ruoli precisi.

«In parole semplici, che cosa significa?» Cecilia chiese irritata. «È una dichiarazione di guerra?»

Fu ancora il padre a prendere la parola. «Niente di tutto questo. Vogliamo soltanto che il giudice minorile avalli legalmente una situazione di fatto, affidando Franci a Lorenzo e stabilendo le modalità dei tuoi incontri con lei.»

Cecilia si rivolse a Lorenzo. «Hai una stanza tua, dove possiamo parlare da soli, oppure lavori in braccio a paparino che ti imbocca e...»

Lorenzo si alzò facendo un gesto al padre come a dire "lascia perdere, ci penso io". «Vieni, andiamo nel mio studio.»

«La situazione di fatto non mi sta più bene» disse subito Cecilia. «Sto per sposare Stefano Zennaro e mi presenterò al Tribunale dei minori con un avvocato per chiedere l'affidamento di mia figlia.»

«Cecilia, sii realista: ammesso che questo matrimonio avvenga, pensi davvero che un giudice destabilizzi la vita di Francesca per affidarla a te? Le radici della bambina sono nella mia casa, nel contesto della famiglia in cui è cresciuta.»

«Un contesto ostile a me, che l'ha cannibalizzata e privata del punto di riferimento della figura materna.»

«Che cazzo dici?» si inferocì Lorenzo.

«Così si parla! E sulle basi di un bel linguaggio comprensibile possiamo cominciare un vero discorso. Se tu fai tanto per stabilire regole e ruoli *precisi* io schiero un apparato di psicologi e di avvocati per dimostrare che Francesca è una bambina insicura, disturbata, allevata nell'odio per la madre. E che dire del mio lontano dramma di adolescente costretta a rinunciare alla propria creatura? Non credo che esista un giudice capace di "avallare" un affidamento preteso dalla prepotenza del nonno avvocato né di perpetuare con uno straziante distacco i soprusi patiti dalla povera mamma.»

Cecilia parlava sempre più sarcasticamente, sempre più consapevole di mirare al bersaglio.

«Vergognati, è un colpo basso» disse infatti Lorenzo.

«Se vuoi la guerra riparati le palle, perché te ne sferrerò altri.»

«Io voglio difendere la serenità di mia figlia.»

«È quello che voglio anch'io. Invece di andare per avvocati, perché non cerchiamo insieme il modo migliore per proteggerla? La mia proposta è di lasciare le cose come stanno fino a quando non si saranno calmate le acque: Francesca resta con te, ma io posso continuare a vederla liberamente.»

«E dopo?» Lorenzo chiese dubbioso. «Cosa vorresti fare nell'eventualità di un matrimonio con Zennaro?»

«Non è una *eventualità*: abbiamo già fatto i documenti e sono anche esposte le pubblicazioni. E non è un colpo di testa: se deciderai di non affossare la nostra lunga amicizia per dichiarare la guerra, dopo le nozze te lo farò conoscere e capirai che Stefano è l'uomo più affidabile che potessi incontrare. Dopo di te...» gli rivolse un breve sorriso. «Non farò niente senza consultarti e senza essere arrivati, insieme, alla certezza che ogni decisione è stata presa per il bene di nostra figlia. La mia proposta è questa.»

Lorenzo restò per qualche minuto in silenzio, poi annuì con la testa. «D'accordo. Accetto la tua proposta.»

Cecilia si alzò. «Ne sono felice.» Fece per tendergli la mano, ma in un moto istintivo lo abbracciò.

Lorenzo ricambiò l'abbraccio. Quando si staccarono, la guardò con affetto. «Voglio anche il *tuo* bene, Cecilia. E spero davvero che Stefano non ti deluda.»

«Parlerai tu, con Francesca, del nostro matrimonio?»

«Sì. Non l'ho mai allevata nell'odio per...»

Gli mise una mano sulla bocca, ridendo. «Lo so. Ti avevo soltanto esibito il mio arsenale per scoraggiare l'apertura delle ostilità.»

Le nozze avvennero all'alba del 15 febbraio in una delle minuscole frazioni di Gargnano sparse nel parco dell'Alto Garda: quattro case, una chiesina e un forno, come nella filastrocca che Cecilia recitava da bambina.

Giuliana aveva trascorso tutte le vacanze di bambina e di adolescente nella casa che i genitori avevano a Gargnano, e di tanto in tanto vi ritornava ancora per esercitare il suo sport preferito, la vela. E grazie all'aiuto di un amico del posto era riuscita a scovare il luogo ideale per la cerimonia.

La piccola chiesa venne appositamente aperta e il "prete muto" arrivò da Biella con l'autorizzazione a celebrare le nozze: era don Giuseppe, il parroco che aveva battezzato e poi preparato alla Comunione e alla Cresima lo sposo. Stefano era rimasto legato a lui da un rapporto di affetto e di stima.

Nonostante fosse ormai prossimo alla sessantina, don Giuseppe continuava a fare il prete da barricata: implacabile con gli smidollati, i violenti e i disonesti, ma battagliero difensore di chiunque ritenesse recuperabile. Sapeva distinguere tra simulazione e verità, bisogno di aiuto e vizio dell'assistenza, vere vittime e vittimisti, emarginati per vocazione e discriminati per razzismo.

Quando Stefano gli aveva telefonato per chiedergli di celebrare il suo matrimonio, la reazione del prete era stata: «Perché proprio io?».

Era rimasto in silenzio, incapace di esprimere a parole una risposta che ne spiegasse i molti motivi: il disagio di farsi sposare da una persona sconosciuta, il desiderio di dare al matrimonio l'impegno degli altri sacramenti che don Giuseppe gli aveva impartito, il bisogno di avere con sé, in quel giorno, una persona che gli ricordasse le sue radici e la sua città natale.

Accorgendosi che il silenzio stava diventando troppo lungo, disse in fretta: «Perché con lei mi sento più sposato». Si diede subito dell'idiota. Che razza di spiegazione era?

«Ho capito. Va bene, conta su di me. E anche sulla mia discrezione.»

Erano le cinque e mezzo quando arrivarono davanti alla piccola chiesa con la macchina di Enrico. Un uomo emerse dal buio e andò incontro al piccolo gruppo. «Sono Luciano, il custode. Appena siete pronti, potete entrare.»

«Aspettiamo il nostro amico sacerdote» disse Enrico.

La macchina di don Giuseppe sbucò dalla curva pochi minuti dopo. Era solo, e si scusò per il ritardo. «Dov'è la sposa?» chiese.

«Sono io» Cecilia rispose schiarendosi la voce. Il momento temuto era arrivato: se non gli fosse piaciuta? Se lui avesse voltato le spalle per risalire in macchina? Stefano le aveva raccontato ridendo i comportamenti imprevedibili di quel prete che aveva due sole fedi: in Dio e nel proprio istinto.

«Bene, non perdiamo tempo» don Giuseppe disse dopo averle lanciato una rapida occhiata.

Era stata promossa al volo o doveva ancora sostenere l'esame? Cecilia se lo chiese mentre Stefano la prendeva per un braccio guidandola verso la chiesa. Cercò con lo sguardo Enrico e Giuliana, ma non riuscì a vederli.

«Questa cerimonia è segreta anche per i genitori della sposa?» chiese inaspettatamente don Giuseppe fermandosi sulla soglia.

«Sì» Stefano rispose dopo qualche istante. «Abbiamo preferito...»

«I miei genitori non sarebbero venuti a questa cerimonia nemmeno con la forza» Cecilia lo interruppe.

Don Giuseppe le lanciò un'altra rapida occhiata. «È un particolare che non ho letto su nessun giornale. Mi dispiace per te.»

«Non sono da compiangere: in questo momento mi

ritengo molto fortunata» replicò Cecilia. Nella sua voce vibrò una nota di improvvisa freddezza. Chi credeva di essere quel prete? Perché lei e Stefano dovevano temere il suo giudizio come se fosse il Padreterno? E dove stava il suo intuito, se non capiva che quella cerimonia celebrata all'alba, nascondendosi come dei ladri, non era certamente il matrimonio dei suoi sogni?

«Entriamo» la sollecitò Stefano.

Due lampade laterali proiettavano un fioco cono tra due file di banchi deserti. Dove erano finiti Enrico e Giuliana? Don Giuseppe si diresse a grandi passi verso l'altare maggiore e scomparve anche lui.

Stefano le cinse le spalle. «Questo è il momento più bello della mia vita» sussurrò.

E d'un tratto il suono dell'organo esplose in mille vibrazioni mentre la chiesa si inondava di luce. L'altare scintillava in un tripudio di colori: Cecilia non aveva mai visto, tutti insieme, tanti fiori.

Il grumo di malinconia si dissolse in una esplosione di pianto. Non le succedeva da quando era bambina, e piangeva finalmente tutte le sconfitte, le umiliazioni, la solitudine e le perdite di quegli anni. E continuò a piangere mentre Stefano la sorreggeva e la guidava verso l'altare: era come se quelle lacrime la liberassero dal passato cancellandone ogni traccia. Quando fu davanti a don Giuseppe, si sentì una giovane sposa vergine, trepidante e piena di speranze.

Si voltò un attimo cercando con lo sguardo Enrico e Giuliana: erano seduti nel primo banco. «Grazie» disse ad alta voce. «Grazie di tutto questo.» Sollevò lo sguardo verso don Giuseppe. «E grazie anche a lei.» Era così felice che avrebbe abbracciato il mondo.

## XII

La stampa rosa e le star del pettegolezzo avevano dato per scontato che l'amore di Stefano per "Ceci" si sarebbe esaurito come una fiammata, e gli stessi dirigenti della Casa discografica speravano che il leader degli Zen riflettesse bene prima di legarsi definitivamente a quella donna.

Giuliana prevedeva che proprio per questo la notizia del matrimonio avrebbe colto tutti di sorpresa scatenando una nuova caccia alle rivelazioni e alla coppia: e si impegnò per contenerne i danni con una abilità da stratega. La prima mossa fu quella preannunciata: inviò subito alla redazione dell'ANSA un comunicato delle avvenute nozze e sei scatti della cerimonia, indicando l'ora, il luogo, la data e i particolari.

Il giorno seguente tutti i quotidiani riportarono la notizia e in qualche modo la bruciarono, perché tutto era stato detto e non restava altro da scoprire o inventare.

Ma non bastava: Giuliana, per scoraggiare anche gli inseguimenti e gli appostamenti dei fotografi, convinse Stefano e Cecilia sia a posare per un servizio che li ritraesse felicemente insieme sia a raccontare tutti i particolari della nuova vita da sposi. Con questa mossa, si bruciava anche la corsa alle immagini esclusive o al particolare inedito.

Giuliana scelse il settimanale *Oggi*. E poiché l'appartamento di corso Garibaldi non era ancora sistemato, fotografo e intervistatrice furono ricevuti nella casa di Cecilia, dove ancora vivevano.

Lorenzo era stata la sola persona a sapere in anticipo la data del matrimonio segreto, e Cecilia continuava a tenerlo informato di tutte le strategie e le decisioni perché voleva che fosse preparato a rispondere a tutte le domande di Francesca.

Nell'apprendere del servizio concordato con *Oggi*, Lorenzo aveva espresso qualche perplessità: non sapeva come la bambina avrebbe reagito e temeva che l'ennesimo articolo sulla madre sarebbe stato per lei una nuova fonte di disagio di fronte alle compagne di scuola. Cecilia gli spiegò che sarebbe stato molto peggio lo stillicidio di foto rubate e "rivelazioni" pettegole. Ma in cuor suo non ne era più così sicura.

Con l'attenta regia di Giuliana, lasciò che il fotografo la ritraesse con il marito in ogni angolo della casa, ma al momento dell'intervista si ritrasse: preferiva che fosse Stefano a raccontare alla giornalista la loro storia.

Il giorno prima dell'uscita in edicola, Giuliana le portò una copia del settimanale. In copertina campeggiava una sola immagine: Stefano, seduto in salotto accanto a lei, le cingeva le spalle e la fissava con una espressione protettiva e adorante. Sopra questa foto, l'annuncio dell'esclusiva: le prime foto e la prima intervista con Zen dopo le nozze. Sotto, a caratteri cubitali, lo strillo: *Vi racconto la mia vera storia d'amore con Cecilia.*

La tensione sparì dopo la lettura. Stefano aveva realmente raccontato la verità, descrivendo il muro di resistenze che aveva dovuto abbattere per farsi accettare da

Cecilia, tutti gli ostacoli che avevano dovuto superare insieme, tutte le umiliazioni, le amarezze e i problemi che il massacro dei mass media avevano causato a Cecilia, consapevole del prezzo che ne avrebbe incolpevolmente pagato la sua bambina.

Francesca era stata anche per lui il solo problema in un rapporto senza dubbi e senza ombre. Fin dal primo incontro Stefano aveva avuto la sensazione di ritrovarsi di fronte a una donna diversa da tutte le altre. E conoscendola, ne era stato certo.

Cecilia arrossì mentre leggeva gli aggettivi con cui veniva descritta: sensibile, gentile, allegra, impetuosa, imprevedibile, fatta d'acciaio. *È come aver sposato dieci donne diverse in una sola, e le adoro tutte*, riassumeva Stefano.

Alla domanda sul ruolo che intendeva assumere nella vita di Francesca, rispondeva che la bambina aveva un ottimo padre al quale nemmeno si sognava di sostituirsi: tutte le decisioni competevano a lui e alla madre. Nell'appartamento in cui presto si sarebbe trasferito con Cecilia c'era comunque una stanza per Francesca perché, ovunque la bambina vivesse, faceva parte della loro famiglia e della loro vita.

Quando finì l'articolo, Cecilia era ammirata e commossa. «Sei stato perfetto» disse a Stefano quella sera, quando tornò a casa.

Trascorse il mattino seguente aspettando col batticuore una telefonata di Lorenzo: il settimanale era uscito, e sicuramente ne aveva acquistato una copia. La telefonata arrivò alla metà del pomeriggio seguente, quando ormai lei si prospettava le più catastrofiche ipotesi sulle reazioni di Francesca e non osava prendere l'iniziativa di chiamare per il terrore di averne una conferma.

Quello che Lorenzo le disse le allargò il cuore: a quanto pareva tutte le compagne di scuola di Franci avevano letto il settimanale. E le dichiarazioni di Stefano dovevano essere state oggetto di commenti positivi orecchiati in famiglia, perché per la prima volta dopo settimane la bambina era tornata da scuola con una espressione felice e persino eccitata.

«Grazie a tuo marito» Lorenzo aggiunse ridendo «ha rivalutato anche te: non sei più la poveretta destinata all'abbandono, ma la donna più fortunata d'Italia!»

«E tu che cosa pensi?»

«Stefano mi sembra una brava persona, e sicuramente è molto innamorato di te.»

«Vuoi venire a cena da noi con Carolina?»

«Lo conoscerò volentieri, ma Carolina è quasi al termine della gravidanza e sarà meglio rimandare a un momento più opportuno.»

Il bambino nacque alla fine di febbraio, con una settimana di anticipo rispetto alla data prevista, e il prolungarsi del travaglio aveva reso necessario il parto cesareo. Lorenzo, spontaneamente, propose a Cecilia di tenere Francesca per i giorni che sua moglie avrebbe dovuto trascorrere in clinica.

Cecilia acconsentì con gioia, ma nel momento stesso in cui andò a prenderla si rese conto che era stato un grosso sbaglio far coincidere quel primo ritorno nella casa della madre con la nascita del fratellino. Francesca salì in macchina immusonita e cupa. E come lei accennò al neonato, ribatté che era troppo grande per avere un moccioso fra i piedi.

Traspariva, evidente, la sua paura di sentirsi esautorata e la certezza che il padre l'avesse allontanata da casa per potersi dedicare a tempo pieno all'altro figlio, quello che d'un tratto era diventato più importante di lei.

Arrivata a casa, gettò un'occhiata distratta alla tracolla

e agli scarponcini che le aveva fatto trovare impacchettati sul letto e restò chiusa nella sua stanza a fare i compiti. Ne riemerse per fare merenda e poi chiese se poteva guardare un cartone alla tv.

I familiari "mi annoio, mamma", "che cosa facciamo, mamma?" erano stati sostituiti da un silenzio passivo e raggelante, come se non le importasse più di nulla. Stefano telefonò dallo studio dove stava facendo le prove di uno show televisivo per Canale 5. «Arriverò appena possibile» disse, rammaricato di non essere con Cecilia in quel momento tanto delicato.

Poté tornare soltanto alle dieci di sera, quando Francesca era ormai a letto. Socchiuse la porta e vide che la bambina dormiva. Più tardi, quando furono a letto anche loro, Stefano strinse a sé Cecilia. «Le mie spalle sono sempre forti, se ne hai bisogno.»

«Il peggio è passato e la prova ne è che Francesca si trova qui. E sono certa che Lorenzo e Carolina le faranno capire che la nascita del fratellino non le ha tolto niente.»

Stefano le accarezzò i capelli. «Vuoi sapere uno dei mille miliardi di motivi per cui ti amo?»

«Anche tre o quattro!»

«Non ti ho mai sentito lamentarti e fare la vittima, nemmeno quando lo sei stata davvero. Sei una lottatrice che ignora il disfattismo.»

«È un motivo spiegato per esteso o un riassunto di tre o quattro?» rise Cecilia.

«C'è una cosa che voglio chiederti io. Seriamente: qual è stato il momento preciso in cui hai capito di poterti innamorare di me?»

«Più che capito, *temuto*! È stato il giorno in cui portai Francesca da te nello studio dove stavi registrando il nuovo cd. Pensavo che mi avessi invitata per sbattermi in faccia quanto eri importante, bravo e famoso e invece restai sbalordita nel vedere che ti occupavi soltanto di mia figlia.»

«Non ti è venuto il sospetto che fosse una strategia per conquistarti?»

Cecilia sollevò lo sguardo su di lui. «No. Si può simulare *tutto*, ma non l'interesse per i bambini. Il tuo tatto, la tua sensibilità, il tuo modo di rispondere alle sue domande denotavano un interesse autentico... E in seguito tutti i pregiudizi sono caduti, via via che capivo di potermi fidare. Per me l'amore senza fiducia è inconcepibile. E ti amo perché, se mi dici che devi partire per un concerto o che resterai fino a mezzanotte a lavorare con i ragazzi del complesso o che hai una cena di lavoro, io so che è davvero così. Mi fido anche dei tuoi consigli, delle tue rassicurazioni, delle tue promesse.»

«Questa è la più perfetta delle dichiarazioni d'amore.»

Al mattino dopo Stefano andò a svegliare Francesca e quando la bambina fu pronta per andare a scuola disse a Cecilia che l'avrebbe accompagnata lui con la sua macchina, prima di andare alle prove. Cecilia guardò istintivamente la figlia e nel suo viso chiuso scorse la solita espressione di indifferenza. Il messaggio era chiaro: decidete voi, per me è lo stesso.

Stefano le telefonò mezz'ora dopo. «Franci è appena entrata in classe e credo proprio che la mia manovrina abbia funzionato» ridacchiò.

Cecilia capì al volo e rise anche lei. «Hai fatto la ruota per richiamare l'attenzione su di te? Vergognati!»

«In effetti mi sono vergognato un po'. Ma volevo che tutte le compagne di scuola e le loro madri mi notassero mentre scendevo dalla macchina con Franci e la accompagnavo al cancello tenendola per mano. L'ho salutata stampandole un plateale bacio sulla guancia!»

«Che lei si sarà affrettata a cancellare strofinandosi con forza, come se...»

«Sbagli. Ha ricambiato il bacio ed è entrata nel portone come una piccola principessa, mentre le mamme si avvicinavano alla qui presente star per complimentarsi e fare tanti auguri. Ovviamente estensibili anche a te.»

Quando Cecilia andò a riprendere la figlia, si accorse subito che il comportamento delle mamme era cambiato: non era più la povera illusa o l'amante segreta, ma la più fortunata delle mogli. Le appassionate dichiarazioni lette nell'intervista rilasciata a *Oggi* erano state confermate da ciò che avevano visto coi loro occhi: Stefano non amava soltanto la moglie, ma anche Francesca.

In piedi davanti ai cancelli, Cecilia vide la figlia scendere la breve scalinata attorniata da un nugolo di amichette. Aspettò che finisse di chiacchierare rimanendo a osservare da lontano il suo visetto ridente e i suoi modi spigliati. Sì, il peggio era davvero passato.

Il pomeriggio seguente Francesca accettò con entusiasmo di andare con Stefano a visitare l'appartamento di corso Garibaldi e si mostrò molto felice della stanza che le era stata riservata. «Quando verremo a abitare qui?» chiese.

«Appena i Cerri ci consegneranno i mobili che abbiamo ordinato» Stefano rispose, proponendosi di riferire a Cecilia quel *verremo*.

«Quelli della mia stanza me li posso scegliere io?»

«Certo. Diremo alla mamma di portarci dal suo mobilificio tutti i cataloghi delle camerette. O di disegnarcene una che ti piaccia.»

«Io compio presto undici anni, voglio una camera vera, da grande.»

Lo ripeté anche al padre durante la telefonata che si facevano ogni sera, chiedendogli se era possibile regalare la sua cameretta a Giacomo e averne una da grande anche nella loro casa. Era la prima volta che parlava del neonato chiamandolo col nome che avevano deciso per lui. Il *moccioso*, l'usurpatore era finalmente diventato il fratellino.

Carolina lasciò la clinica cinque giorni dopo il parto, ma il neonatologo volle trattenere il bambino in osservazione per qualche altro giorno perché l'apparato bronchiale risentiva ancora del liquido amniotico inspirato durante il lungo travaglio. Nonostante tutte le rassicurazioni, Carolina era in paranoia.

Cecilia propose di tenere Francesca con sé fino a quando il piccolo fosse tornato casa, ma Lorenzo, innervosito e teso, le rispose quasi sgarbatamente che non se ne parlava nemmeno. Nonostante le apparisse una decisione molto discutibile, evitò di fare polemiche: non voleva guastare il clima di distensione che si era creato in quelle ultime settimane compromettendo la possibilità di riavere al più presto la figlia.

Francesca se ne andò quasi a malincuore e Cecilia gioì per l'evidente dispiacere del distacco. Subito dopo si sentì in colpa. Che razza di madre era?

Quando anche il piccolo Giacomo fu dimesso, completamente ristabilito, andò a trovare mamma e neonato. Lo fece di mattina quando Francesca era a scuola: non voleva che il rivederla fosse per la figlia un motivo di turbamento.

E fu Carolina stessa, chiedendoglielo quasi come un favore, a farle la proposta: poteva organizzare a casa sua la festina per il compleanno di Francesca? Giacomo dormiva pochissimo e lei era stremata dalla tensione, dall'allattamento, dalla stanchezza.

Cecilia la tranquillizzò: succedeva così a tutte le neomamme e non doveva giustificarsi se in quelle condizioni non se la sentiva di avere la casa invasa da un'orda di bambini scatenati da sfamare e sorvegliare.

Francesca le telefonò appena tornò da scuola: era possibile invitare *tutta* la classe? Se il 12 aprile Stefano era a Milano, poteva scrivere sugli inviti che avrebbe partecipato alla festa di compleanno? E invece di regalare i soliti ricordini, lui non aveva per caso delle cartoline e dei poster con la sua firma da distribuire?

Cecilia non osò smorzare l'eccitazione della figlia. Le sembrava proprio che Stefano per quella data non avesse impegni, le disse, e poteva invitare tutti gli amichetti che voleva. *Sicuramente* ci sarebbero stati dei poster firmati da regalare.

«Mi invidieranno tutti!» Francesca esclamò felice.

«È la sua rivincita» disse più tardi Stefano. «Ti pare che potrei mancare? Collaborerò alla grande, portando Enrico con me e distribuendo magliette, poster giganti e cd!»

«Sembri più eccitato di mia figlia» lo prese in giro Cecilia.

«Puoi dirlo. Dopo tutte le rabbie e le umiliazioni che Francesca ha dovuto inghiottire, voglio che adesso si senta la bambina più coccolata e invidiata della scuola.»

## XIII

Dopo giornate di lavoro o di viaggio e nottate trascorse passando da un palcoscenico a un letto d'albergo, Stefano aspettava soltanto il momento di tornare da Cecilia. Stare in casa con sua moglie era come essere in vacanza: niente avrebbe potuto rilassarlo, stimolarlo o divertirlo come le serate passate con lei o le domeniche trascorse senza neppure togliersi il pigiama. E per Cecilia era la stessa cosa: come lui, detestava i ristoranti alla moda, le ammucchiate mondane e i ritrovi di vip: i soli amici che frequentavano regolarmente e venivano ammessi nella loro intimità erano Enrico e Giuliana.

Il loro amore si basava sull'attrazione, non soltanto fisica, che provavano l'uno per l'altra. Si piacevano perché erano affini ma la scoperta di qualche diversità di opinione o di gusto diventava un nuovo stimolo per conoscersi sempre più a fondo. Le sole insidie al loro matrimonio potevano arrivare dal lavoro di Stefano, solista di un complesso che sempre più si andava configurando come fenomeno musicale dell'ultimo decennio.

Gli Zen erano amministrati e gestiti come un'industria

da un apparato di manager, e il ruolo di leader era rimasto a Stefano. Uscito indenne dalla catastrofe delle nozze, la sua immagine restava quella della star più amata dalle italiane.

Cecilia aveva trovato d'istinto il solo modo per difendere la loro vita: prendere le distanze dal ruolo di divo del marito considerandolo, come lui, un aspetto non sempre piacevole della professione. Condivideva la sua passione per la musica, ascoltava i suoi dischi e assisteva alla nascita di nuovi brani suggerendo un ritocco del testo o esprimendo la sua opinione su questo o quel passaggio: ma pubblicamente era una moglie inesistente. Non partecipava ai suoi concerti, non lo seguiva nei suoi viaggi, non lo accompagnava alle manifestazioni che gli era impossibile disertare.

E Stefano gliene era tacitamente grato perché con questo comportamento Cecilia gli rendeva meno penoso lo spettacolo del fanatismo, delle proposte impudiche, delle stupide adulazioni di cui era oggetto. Il divo Zen restava fuori dalla loro casa e dal loro rapporto.

L'ufficio stampa apprezzava, sia pure per motivi differenti, la latitanza di Cecilia ma vi erano situazioni o eventi che eccezionalmente esigevano la sua visibilità al fianco del marito. Accadde alla fine di aprile per il Gala benefico organizzato dalla Croce Rossa nel Principato di Monaco, e alla metà di giugno per il concerto che gli Zen tennero in Olanda, alla presenza della regina Beatrice.

«Ti tocca» Stefano scherzava preannunciandole l'inevitabilità della sua partecipazione. Cecilia aveva acquistato da Armani alcuni abiti da giorno e da sera adeguati al ruolo di moglie del divo e vi si calava impeccabilmente.

Quelle erano alcune tra le rare occasioni in cui Cecilia incontrava Piero e Umberto e lo sforzo maggiore era ignorare le loro occhiate insistenti o fingere di non raccogliere i rozzi complimenti con cui tentavano di rompere il ghiaccio: non sei male, le tue virtù non sono tutte nascoste, se c'è un altro fiorellino nel tuo mobilificio facci un fischio e corriamo...

«Ero l'unico esemplare non del tutto appassito» sbottò una sera. Al pari di Stefano, non riusciva a spiegarsi come due ragazzi tanto incolti e volgari potessero esprimere un autentico talento come musicisti.

Alla fine di giugno arrivarono finalmente i mobili ordinati e Cecilia chiese ai Cerri tre giorni di ferie per sistemare l'appartamento di corso Garibaldi. Il trasferimento nella nuova casa fu un altro evento che i discografici decisero di strumentalizzare per rafforzare la nuova immagine di Stefano: non più il fidanzato di tutte, ma il romantico eroe che aveva sfidato il mondo per sposare la donna amata.

La prima reazione di Cecilia fu di vibrante protesta. «Stavolta non ci sto!» si sfogò con Enrico. «Ne abbiamo avuto abbastanza di sceneggiate e di intrusioni nella nostra vita privata!»

La ribellione di Stefano fu altrettanto ferma: quella era la loro casa e per nessuna ragione avrebbe permesso all'ufficio stampa di servirsene per promuovere gli Zen.

Fu Giuliana a fare da mediatrice e a convincerli. Con voce pacata, ricordò a Stefano il braccio di ferro con Ted Edwars e il suo apparato. «Li hai costretti ad accettare il tuo matrimonio con una resa incondizionata, e devi dargli atto che hanno ingoiato con signorilità la cerimonia segreta e rispettato la tua vita privata. Adesso tocca a te dare un piccolo segno di buona volontà. Non ti chiedono di inventare un idillio con una cubista o di sceneggiare una crisi coniugale, ma soltanto di posare con tua moglie per un tranquillo servizio di coppia. L'ufficio stampa deve pur passare qualcosa ai giornali...»

Cecilia si arrese e chiese altri due giorni di ferie: era necessario dare all'appartamento quel caldo tocco di vissuto per creare la giusta atmosfera e Gina Cerri mandò un uomo con un camioncino del mobilificio per aiutarla a trasportare dalla vecchia casa un tappeto, alcune lampade, e i molti soprammobili e oggetti che aveva raccolto o riportato dai suoi viaggi.

Nonostante da alcuni mesi lavorasse senza orari e con numerose assenze, i Cerri continuavano a ritenerla una collaboratrice indispensabile. Per Gina era addirittura motivo di vanto che la moglie di Stefano Zennaro lavorasse per loro e che la famosa coppia avesse arredato l'appartamento con i loro mobili, quelli che adesso sarebbero stati fotografati e pubblicati.

L'appuntamento con il fotografo fu fissato per la mattina del 6 luglio e Stefano e Cecilia si trasferirono in corso Garibaldi il giorno prima.

Varcando la porta, lei ebbe una curiosa sensazione di gioiosa aspettativa: in quella casa nuova e senza ricordi avrebbero costruito il loro futuro, sarebbero cresciuti i loro figli. Rivolse un sorriso a Stefano. «Mi piace. Tutto.»

Lui la prese per mano. «Stamattina ho fatto portare dai Cerri un divano a cui tenevo moltissimo. Praticamente irrinunciabile.»

Alla destra del salone, tra due lineari poltrone rivestite in lino grezzo, campeggiava il trofeo del "reparto delle vergogne". Cecilia arretrò a bocca aperta, combattuta tra ilarità e orrore. «Oh, no! Il divano con le mani sulle chiappe!»

«Ti ricordo che è un modello del famoso Nicola Vinci» Stefano puntualizzò con voce di rimprovero. «Solido, originale, anatomico. È una linea che va a ruba e ho dovuto aspettare due mesi per averlo.»

«Sei impazzito? Non vorrai tenere davvero in casa questo...»

«È stato davanti a questo divano che mi sono innamorato di te. Ma non sottovaluterei nemmeno il delizioso tavolo di Pippo Sarti, con gambe dorate e incurvate a ricciolo» rise.

«È una minaccia?»

«Prova a spostare il mio Vinci e giuro che ti farò pentire!»

Quella sera, prima di addormentarsi, Cecilia disse a Stefano: «Vorrei smettere di prendere la pillola. Per te sarebbe un problema avere un figlio subito?».

«Io sono pronto dalla prima volta che abbiamo fatto l'amore.»

Cecilia, dopo il matrimonio, avrebbe voluto telefonare a sua madre, ma Lorenzo l'aveva dissuasa: sapere la figlia sposata non le aveva ancora fatto superare la vergogna delle copertine e degli articoli scandalistici. E Cecilia aveva tenuto per sé questa amarezza.

Il rapporto coi genitori era il solo argomento tabù. Sicuramente i Zennaro sapevano che il figlio si era sposato, ma non osava chiedere se si fossero fatti vivi con lui né, tanto meno, si azzardava a intervenire in qualche modo nel loro rapporto.

Fu Enrico a infrangere questo tabù. Tornato da Biella dopo un fine settimana con la sua famiglia, alle sette e mezzo si presentò a casa degli amici con tre pizze. E al termine dell'improvvisata cena disse a Stefano, brusco: «Ieri ho visto tua madre. Vuole parlarti. E conoscere tua moglie».

«No. E l'argomento è chiuso.»

«Dovresti andare da uno psichiatra. Hai dei problemi, amico.»

«I problemi li ho avuti quando mio padre mi gettava addosso palate di sensi di colpa e di disprezzo.»

«Sa di avere sbagliato. Se vuoi che ti chieda perdono percuotendosi il petto è disposto a farlo. Farebbe qualunque cosa per riallacciare uno straccio di rapporto con te.»

«Te l'ha detto mia madre?»

Enrico lo fissò sospirando. «Me l'ha detto don Giuseppe. Sabato sono andato a trovarlo nella sua parrocchia.»

Cecilia, che fino a quel momento era restata ad ascoltare in silenzio, non si trattenne dal chiedere: «Perché don Giuseppe non ha mai cercato di parlare con Stefano? Di mettere pace tra padre e figlio?».

Stefano alzò la mano con una espressione sarcastica. «Ehi, sono qui! E puoi domandarlo a me. La risposta è semplice: lui tiene l'ovile sempre aperto per le pecore nere, ma non va mai a cercarle.»

«Nel vostro caso» precisò Enrico «ritiene che nessuno debba intromettersi in un conflitto tanto profondo. Si è limitato a dire a tuo padre che tu non hai niente da farti perdonare e che al posto tuo si comporterebbe con lo stesso distacco.»

«Questo non mi sembra molto cristiano!» osservò Cecilia. «Non conosco i genitori di Stefano, ma se mio figlio mi dicesse che intende abbandonare gli studi per formare un complessino o iscriversi a una scuola di danza andrei su tutte le furie.»

«Per fortuna Nurejev e i Beatles hanno avuto madri meno paranoiche.»

Enrico, pronto: «Di sicuro non hanno avuto un padre che gli preparava un impero».

«Ma quale impero? Voleva soffocare anche la mia vita con le sue dannate stoffe!» Si rivolse a Cecilia. «Non stiamo parlando di un vecchietto a cui nego la gioia estrema di morire in pace! Mio padre è un gagliardo cinquantenne che anche a venticinque anni aveva gli occhi foderati di perbenismo e ipocrisia.»

Si alzò di scatto, innervosito, e lasciò l'amico e la moglie davanti ai piatti con le croste bruciacchiate delle pizze.

Cecilia fu la prima a rompere il silenzio. «Io chiamo sua madre. Se vuole conoscermi, non posso...»

«Non intrometterti. Don Giuseppe ha ragione, Stefano deve risolvere da solo questo problema.»

Il 5 agosto gli Zen partirono per una tournée in Giappone e Cecilia portò la figlia in vacanza a Cervia, nello stesso albergo in cui si trovava Monica, la sua compagna di scuola preferita. Più volte le capitò di ripensare a Ostuni e di rimpiangere le lunghe e oziose chiacchierate con Luciana ai bordi della piscina del villaggio. La madre di Monica vedeva in lei soltanto la moglie del divo Zennaro e sulla spiaggia esibiva orgogliosamente la loro "amicizia". In realtà Cecilia riusciva con fatica a darle del tu, e una volta in spiaggia si isolava nella lettura di un libro per difendersi dalle domande curiose e indiscrete sulla sua vita con Stefano.

Fortunatamente la vacanza fu più breve di quella dell'estate precedente: dopo ferragosto riportò Francesca a Milano. Da lì la bambina sarebbe ripartita con il padre, Carolina e il fratellino per trascorrere due settimane in montagna.

Rientrato dal Giappone, Stefano fece una breve sosta a casa e poi riprese con gli Zen i concerti attraverso l'Italia.

Il primo pomeriggio del 30 agosto Enrico le telefonò da Torino. «Monta subito in macchina e raggiungici in albergo.»

«C'è qualche problema?» Cecilia chiese ricacciando la fitta di panico: aveva parlato poco prima con Stefano e, a parte il rammarico di essere lontano da lei, stava benissimo.

«I Zennaro sono partiti da Biella per parlare col figlio. Diciamo che hanno deciso di strisciare.»

Cecilia tacque per qualche istante, sorpresa e immalinconita insieme. «Stefano non lo sa, vero?»

«No, e ti sto chiedendo di venire per questo: se ci sei tu, è più facile che si controlli e…»

«Non vengo, Enrico.» Lo decise nel momento in cui lo disse.

«Credevo che ci tenessi quanto me a vedere Stefano riavvicinarsi ai genitori.»

«È così. Ma non deve farlo per compiacermi. E nemmeno scambiare due parole soltanto perché la mia presenza lo imbarazza.»

«Sarebbe già un primo passo.»

«Per arrivare dove? A un rapporto educato e formale da buoni conoscenti?»

Il giorno dopo seppe da Enrico che Stefano si era incontrato con i genitori, ma li aveva pregati di rimandare qualsiasi spiegazione o discorso: non si sentiva ancora pronto per ascoltarli.

E quello stesso giorno Cecilia ebbe la certezza di essere incinta.

# XIV

Per otto mattine Cecilia si era svegliata con il timore che il ritardo del ciclo si rivelasse un falso allarme: eppure, quando il test di gravidanza risultò positivo, ebbe una istintiva reazione di panico, come se il test le stesse segnalando l'inizio di un nuovo destino oscuro e solenne. Dodici anni prima, adolescente, era rimasta a fissare la minuscola provetta con lo stesso stordimento, sopraffatta dalla stessa sensazione di irrevocabilità.

Prima di inondarle il cuore la gioia partì dal cervello, come un ordine: smettila di farneticare, non hai più sedici anni, questo figlio tu lo hai voluto e Stefano lo aspettava da un anno. Non voleva dargli la notizia per telefono e dovette aspettare due giorni il suo ritorno a casa.

Nel frattempo andò dalla ginecologa che l'aveva assistita durante l'attesa di Francesca e della quale era rimasta paziente. Dopo una accurata visita le confermò che era incinta di circa sei settimane. Tutto andava bene, le disse, e si limitò a prescriverle alcune analisi del sangue.

I due giorni trascorsi nell'attesa di Stefano le sembrarono lunghissimi, perché fremeva dall'impazienza di dargli la notizia e le causava un senso di inquietudine e di rimorso il portare dentro di sé un figlio di cui lui ignorava l'esistenza.

Nel corso delle loro telefonate fu più volte tentata di dirglielo, ma non voleva ridurre quell'evento a un annuncio fatto da lontano. Desiderava guardarlo negli occhi, abbracciarlo, sentirsi stretta dalle sue braccia.

Ma forse la vera ragione era un'altra. Anche lui le stava tacendo qualcosa che di certo lo aveva emotivamente disturbato o colpito: si era ritrovato faccia a faccia con suo padre dopo due anni, e gli aveva chiesto tempo. Ma il discorso continuava a rimanere un tabù. Invano Cecilia aveva aspettato che durante le lunghe chiacchierate telefoniche Stefano le parlasse dell'arrivo a Torino dei genitori, della piccola breccia che si era aperta nel rapporto col padre. E non intendeva affatto farlo a voce. Ne aveva avuto la conferma da Enrico: "Non dirgli che ti ho chiesto di venire a Torino, fingi di non sapere niente!".

Questa finzione le pesava, come il silenzio di lui. Non riteneva affatto che il dirsi tutto fosse una regola dei buoni matrimoni: all'interno della coppia ciascuno doveva mantenere la propria identità e lei stessa aveva momenti di insicurezza, vulnerabilità e malinconia che teneva per sé perché appartenevano alla sua sfera più intima. E dava per scontato che ciò valesse anche per suo marito.

Ma il conflitto col padre, la violenza di una vocazione irrisa e frustrata, il muro che si era eretto tra loro coinvolgevano anche lei perché l'uomo che aveva sposato era stato formato, condizionato da quel rapporto.

*Hai un problema, amico*. In quei due giorni la frase di Enrico le tornò spesso alla mente accrescendo il suo disagio. Se i suoi genitori le avessero soltanto lanciato un piccolo segnale di comprensione, lei lo avrebbe immediatamente raccolto. Quelli di Stefano stavano facendo molto di più: elemosinavano il suo perdono. Come poteva esitare, chiedere tempo? Cecilia aveva persino paura di domandarselo, perché sapeva che il suo sospetto era la sola risposta plausibile: l'adulto equilibrato, solare e sicuro che aveva travolto tutte le sue resistenze coesisteva con il ragazzo che si rifiutava di crescere, di accettare i compromessi, di perdonare chi sbagliava o lo deludeva.

*Voglio il massimo*: questa affermazione, riferita a lei, le era sembrata la più lusinghiera delle dichiarazioni d'amore. Ma d'un tratto la vide come un segnale d'allarme. Stefano aveva rotto il suo rapporto col padre perché il cavalier Zennaro non si era mostrato all'altezza della sua rigorosa immagine di genitore perfetto.

*Non credo che i problemi aiutino a crescere*. Un'altra affermazione che le era apparsa rassicurante e adesso la faceva riflettere. Non aiutava a crescere neppure l'ignorarli, lo scavalcarli, il buttare fuori dalla propria vita tutte le persone che potevano rappresentare un problema.

Il ritorno del marito scacciò tutte le ombre, e la sua reazione all'annuncio del bambino in arrivo le allargò il cuore. Dopo l'esplosione di gioia, dopo gli abbracci, dopo la tenerezza Stefano affrontò realisticamente, da uomo maturo e sensibile, tutte le decisioni e i risvolti pratici che l'evento comportava.

Innanzitutto, dovevano concordare con Lorenzo il modo migliore per comunicare a Francesca l'arrivo di un secondo fratellino. Poiché la nascita era prevista attorno alla metà di aprile, anche l'agente degli Zen doveva esserne subito informato, prima di firmare qualche contratto che prevedesse per quel periodo concerti o tournée fuori dall'Italia. Era bene che anche Cecilia parlasse con i Cerri, concordando una collaborazione part time o comunque con orari più flessibili.

«Lasciami prendere fiato!» lei rise. «In questo momento voglio concentrarmi sul nostro bambino senza pensare a niente altro. Che cosa cambia se per un paio di settimane teniamo solo per noi questa notizia?»

Stefano fu d'accordo. Le premure e l'amore di cui la inondò in quei giorni non la fecero ricredere su quanto aveva capito: aveva sposato un uomo, non un essere sovrumanamente perfetto. Ma poteva convivere senza panico anche con il ragazzo inflessibile e assolutista che era in lui, concedendogli il tempo di maturare e di accettare anche le situazioni deludenti, le persone imperfette.

Stefano non le parlò dell'incontro col padre e Cecilia non fece nulla per sollecitare il discorso. Era sicura che la nascita di un figlio lo avrebbe riavvicinato naturalmente ai genitori. *Ogni ramo nuovo rende più profonde le radici dell'albero*: non ricordava dove avesse letto questa frase, ma le sembrava quanto mai vera anche per gli esseri umani.

Alla metà di settembre Cecilia, d'accordo con Stefano, decise che era arrivato il momento di dare la notizia della sua gravidanza. Enrico e Giuliana furono i primi a cui ne parlarono e, da amici quali erano, condivisero a fondo la loro gioia.

Giuliana disse ridendo a Stefano: «Preparati agli assalti dell'ufficio stampa! Chiederanno un servizio di Cecilia in premaman, mentre sferruzza un golfetto sotto il tuo sguardo amoroso! E dopo il parto vi toccherà esibire la vostra felicità e il vostro pargoletto ad uso dei rotocalchi!».

«Io non so sferruzzare» ribatté Cecilia «e non ci penso proprio a vedermi sbattuta in copertina con il pancione!»

«Sono d'accordo con te» disse Stefano. «Però il secondo servizio mi sta bene: sono troppo orgoglioso per non esibire il mio bellissimo bambino!»

Enrico rise: «*Bellissimo*? Hai mai visto un *bel* neonato?».

«Vedrò il mio.»

«Ne riparleremo dopo il parto» tagliò corto Cecilia

con una fitta di fastidio. La smania di perfezione di Stefano includeva anche il figlio?

Lorenzo fu la terza persona ad essere informata. Cecilia era certa che avrebbe visto nel figlio in arrivo una ulteriore prova della stabilità del suo matrimonio con Stefano, e fu molto colpita di fronte alla sua reazione turbata, titubante.

Pensò che fosse preoccupato per la loro figlia. «Francesca è molto legata al fratellino e non credo che...»

«Penso a te, non a Francesca» Lorenzo la interruppe. «Visto che mi chiedi sempre di essere sincero, penso che sei sposata soltanto da pochi mesi e avresti dovuto aspettare qualche tempo prima di avere un figlio.»

«Hai ancora dei dubbi su Stefano?»

«No. Anche se lo conosco poco, mi sembra una brava persona.»

«Se lo conoscessi meglio, ne saresti certo» Cecilia ribatté innervosita. Inutilmente aveva cercato di creare un rapporto amichevole tra Stefano e il padre di sua figlia: con la scusa della eterna stanchezza di Carolina e del bambino che era ancora allattato al seno, dopo il matrimonio aveva accettato soltanto due inviti a casa sua e aveva contraccambiato con un tè a metà pomeriggio.

Riflettendo sulla reazione di Lorenzo, la verità le apparve lampante: era geloso di Stefano. Non certo perché lo considerasse un rivale o fosse rimasta in lui una traccia della fuggevole cotta giovanile, ma semplicemente perché il matrimonio con Stefano aveva minato alla base il rapporto che aveva con la madre di sua figlia: una donna sola che fino a un anno prima dipendeva da lui, lo considerava il suo consigliere, il suo punto di riferimento, il suo migliore amico. La nascita di un figlio rendeva definitiva la fine di questo ruolo.

Era una verità amara da accettare: in pratica Lorenzo, come i nonni di Francesca e i suoi genitori, per oltre undici anni aveva condizionato la sua vita e imposto le regole di comportamento. Se non si fosse ribellata sposando Stefano, quale futuro avrebbe avuto?

La reazione dei coniugi Cerri fu invece professionalmente e umanamente molto gratificante: non soltanto si dimostrarono felici, ma accettarono senza problemi che dopo il settimo mese di gravidanza, e per un tempo indeterminato, lei lavorasse senza impegni di orario. Continuavano a ritenerla una collaboratrice indispensabile, e il solo problema sarebbe stato dover rinunciare a lei.

Nel frattempo Cecilia lavorava regolarmente e a tempo pieno. La gravidanza procedeva bene e si sentiva piena di energie, mangiava con appetito e non accusava alcun disturbo.

Alla metà di ottobre terminò il terzo mese e andò nello studio di Lucia Raseri, la sua ginecologa, per una nuova visita di controllo. Stefano volle accompagnarla e durante l'ecografia non riuscì a trattenere l'emozione: quella piccola sagoma oscillante in una massa nebulosa era suo figlio, quel rumore sordo e intermittente che sembrava erompere con forza dalla profondità di un oceano era il battito del suo cuoricino. Forse solo in quel momento realizzò che sarebbe diventato padre.

Anche Cecilia si emozionò via via che la ginecologa si soffermava a mostrare le gambe, le braccia, la testa: non era una massa informe, ma una creatura viva che stava abbozzando il proprio corpo.

Cecilia scoprì con sorpresa, attraverso le sue ansiose domande, che Stefano era molto informato su tutte le possibili malformazioni: quali di queste era possibile identificare attraverso l'ecografia? Udirlo parlare di spina bifida, di idrocefalo, di trisomia 21, di età e di statistiche turbò profondamente Cecilia.

E il suo turbamento crebbe quando, nel riportarla a casa, Stefano le chiese con voce leggera: «Perché non ti sottoponi al tri-test?».

Ne aveva parlato la ginecologa. Si trattava di un semplice prelievo del sangue. E soltanto se avesse rilevato una alterazione dei valori sarebbe stato consigliabile un test più approfondito come l'esame dei villi coriali.

Cecilia si irrigidì. «A che serve? Non abortirei mai!»

«Neppure se aspettassi un bambino malformato o down?» Sembrava inorridito.

«Neppure» rispose con rabbia, impulsivamente. La realtà era che fino a quel momento non si era neppure prospettata una simile ipotesi e l'ansia di Stefano la faceva inferocire perché la rigettava in balia di tutti i dubbi sulla sua maturità, sulla sua capacità di elaborare un problema anziché ignorarlo o rimuoverlo. Voleva un figlio *bellissimo*, di cui essere orgoglioso e da esibire orgogliosamente. Il figlio imperfetto? Nessun problema, un aborto e tutto sarebbe ripreso come prima.

Quel giorno stesso Cecilia telefonò alla dottoressa Raseri per dirle che aveva deciso di sottoporsi al tri-test. Non lo fece per Stefano o per avere una rassicurazione di cui personalmente non sentiva il bisogno, ma soltanto perché capì di non poter vivere per altri sei mesi accanto a un uomo sempre più terrorizzato e teso. Alla fine della gravidanza, lo avrebbe detestato.

La ginecologa la chiamò a casa tre giorni dopo il prelievo. Con voce tranquilla, premettendo che l'alterazione di un valore non aveva alcuna rilevanza significativa, le suggerì l'esame dei villi coriali. L'aspettava all'indomani mattina alle nove, alla Mangiagalli. Cecilia non disse nulla a Stefano, così come aveva fatto per il prelievo. Uscì di casa mezz'ora prima dicendo che aveva un appuntamento con un cliente e, quando fu sotto al portone, chiamò un taxi col cellulare: era troppo agitata per guidare.

Dovette aspettare venti giorni per avere il responso. E stavolta a telefonarle fu l'infermiera: erano arrivati i risultati dell'esame e la dottoressa Raseri l'aspettava nel suo studio. Anche subito, se le era possibile.

Cecilia vi si recò un'ora dopo con la sua macchina: aveva trascorso quei venti giorni con la certezza che qualcosa non andava, e attese di essere ricevuta con la rassegnazione del condannato a morte che spera soltanto nella grazia dell'ultima ora.

E invece la grazia le fu negata.

«Cecilia, mi dispiace. Il tuo bambino ha la sindrome di Down» la dottoressa disse con voce buona e gentile. Poiché lei taceva, aggiunse: «Ti ho preparato una piccola raccolta di articoli e di ricerche che dovresti leggere con tuo marito prima di prendere qualsiasi decisione. Oggi i bimbi down hanno una sopravvivenza molto più lunga di un tempo e possono usufruire di terapie e supporti che sviluppano notevolmente le loro capacità di apprendimento e...».

«Mio marito non sa ancora nulla degli esami che ho fatto.» Cecilia disse rauca. Si schiarì la voce. «Vada avanti, scusi se l'ho interrotta.»

«Se proseguirai la gravidanza, potrai contare su una équipe di specialisti che si occuperà del tuo piccolo fin dalla nascita. L'altro giorno è venuta a trovarmi una mamma con la sua bambina down: vorrei che tu...»

Cecilia fece di no con la testa. «Devo riflettere. Non sono pronta per...»

«Io non voglio influenzarti. E nemmeno colpevolizzarti: se deciderai di abortire, eseguirò io stessa l'intervento nel mio reparto.»

Cecilia si alzò. «Mio marito torna a Milano domani. Posso richiamarla?»

«Aspetto che lo faccia.» Le tese il fascicolo. «Leggilo, per piacere: voglio soltanto che tu abbia tutti gli elementi per...»

«Lo leggerò» la interruppe allungando la mano.

«L'aborto è una esperienza molto dolorosa. E lo sarebbe soprattutto per te: ricordo ancora con quanta forza rifiutasti di interrompere la gravidanza. E avevi soltanto sedici anni.»

Prima di salire in macchina, Cecilia gettò il fascicolo in un contenitore di rifiuti. Sapeva già quello che avrebbe letto: i miracoli della logoterapia, quelli degli esercizi psicomotori, quelli del bombardamento di parole, di sollecitazioni...

A lei tutto questo non importava. Non aveva bisogno della speranza di un miracolo per fare nascere il suo bambino, e nemmeno del supporto di una équipe per crescerlo. Si sarebbe dimessa dal lavoro e gli avrebbe dedicato tutto l'amore, tutte le cure di cui aveva bisogno. Lo voleva, visceralmente. E l'idea di abortire le suscitava lo stesso viscerale rifiuto di quando, ragazzina, aveva accettato persino di farsi annientare da due famiglie pur di far nascere Francesca.

Ma Stefano non sarebbe mai stato capace di amare un bambino diverso dal figlio perfetto che aveva in mente. Avrebbe vissuto la decisione di farlo nascere come la peggiore delle violenze. E si sarebbe difeso da quel figlio ignorandolo, guardando ai suoi progressi come al circo si osserva un maldestro clown.

Trascorse la notte insonne. E al mattino, prima che Stefano rientrasse da Vienna, telefonò a Giuliana. Era l'unica amica che avesse, l'unica persona che potesse capire il suo dramma.

«Non pensare a Stefano!» Giuliana gridò, quasi, dopo averla ascoltata senza mai interromperla o fare un commento. «Se vuoi questo bambino, pensa alla violenza che faresti a te stessa con un aborto!»

«Ho il diritto di farlo nascere ignorato e forse anche *detestato* dal padre? Odierebbe anche me, e non so se sarei abbastanza forte per non crollare.»

«Pensaci. E poi mettilo di fronte a quello che avrai deciso.»

«Non posso abortire!»

«E allora non farlo, Cecilia.»

## XV

La sveglia suonava alle sette. Cecilia schiacciava il pulsante, infilava la vestaglia e andava in cucina. Per prima cosa estraeva dal blister una pilloletta rossa e la inghiottiva. Poi scaldava l'acqua per il tè, metteva la bustina e una zolletta di zucchero nella tazza e aspettava, in piedi, che l'acqua fosse pronta. Riempita la tazza, andava a sedersi e beveva il tè a piccoli sorsi.

Le braccia incrociate sul tavolo e lo sguardo fisso davanti a sé, restava seduta aspettando che la pillola facesse il suo effetto. Con l'aiuto del tè bollente, bastavano dieci minuti. Nel frattempo si vietava di pensare o di muoversi, sapendo bene che sarebbe tornata nel letto a fissare gli stucchi del soffitto fino a quando il corpo, estenuato da quella immobilità senza pensieri e stimoli, non fosse sprofondato nel sonno.

Ma con la prescrizione di quel farmaco la ginecologa l'aveva strappata all'annientamento. Era un antidepressivo di ultima generazione di cui Cecilia conosceva e attendeva il susseguirsi dei prodigiosi effetti. Lentamente si sentiva riemergere dal vuoto e prendeva atto che era cominciata una nuova giornata. L'impatto di ribellione e di angoscia era un soprassalto della memoria, quasi meccanico, e spariva in pochi istanti. A questo punto avveniva il vero miracolo della pilloletta. Era come accendere l'interruttore in una stanza buia. D'un tratto sapeva come orientarsi, dove andare, che cosa fare e riannodava il contatto con la realtà della nuova giornata da affrontare.

Alle sette e mezzo, quando Stefano le telefonava da Los Angeles, riusciva persino a provare un barlume di interesse per quanto lui le raccontava: l'incontro con Tony Renis e la straordinaria carica di simpatia dell'italiano più potente nel mondo della musica d'oltreoceano, il contratto con il nuovo agente americano, le meraviglie della sala d'incisione in cui stava nascendo il primo disco per il mercato statunitense.

La rassicurava sentirlo parlare del suo lavoro, e sapeva che era così anche per lui. Il lavoro era la sola zona neutra in cui potevano ancora incontrarsi senza pericoli.

Ma quella mattina Stefano varcò spericolatamente i confini. «Non me ne frega niente di questi discorsi. Mi manchi da impazzire e conto i giorni per ritornare a casa.»

«Ti aspetto.» Era stata proprio lei a dirlo? A quel punto arrivava il potere del farmaco dell'ultima generazione?

Contò i giorni. Guardò il calendario appeso tra due pensili e riannodò un altro filo con la realtà: mancavano dieci giorni al suo ritorno e alla vigilia di Natale. *E ne sono passati trenta da quando il mio bambino non c'è più*. Il 13 novembre Stefano era andato a Colonia per ricevere un premio e la mattina del 14, alle sette, Giuliana era passata a prenderla con la sua macchina per accompagnarla ad abortire.

Suo marito non ne sapeva niente e non le aveva imposto niente. «Devi decidere tu.» Era stato il solo commento dopo aver appreso che aspettavano un bambino down. Cecilia aveva sollevato gli occhi e nel vedere il suo viso si era spaventata: era una maschera di orrore. Così avrebbe guardato suo figlio? Questo, crescendo, suo figlio avrebbe scorto negli occhi del padre? Orrore, vergogna, fretta di girarsi da un'altra parte?

Dopo l'intervento, la ginecologa l'aveva trattenuta una notte in clinica. Giuliana era venuta a prenderla alla mattina dopo per riportarla a casa. Si era buttata sul letto ed era ancora lì quando, alle otto di sera, Stefano era tornato.

«Stai male?»

«No. Sono stanca.»

Un breve, esitante silenzio. «Adesso non pensarci, devi decidere con...»

«Sono tornata dalla clinica stamattina. Ho già abortito.»

Il sollievo dilagò nel suo viso e per qualche istante lo illuminò. Cecilia chiuse gli occhi e affondò la faccia nel cuscino, come abbagliata da quel sinistro lampo di gioia.

Stefano si sedette sul bordo del letto e le accarezzò i capelli. «Era la cosa più giusta da...»

«Non toccarmi. Vattene via.»

«Cecilia, sono desolato.» Anche la sua voce lo era.

«Voglio stare sola.»

Per alcuni giorni si era trascinata dal letto della stanza degli ospiti a una poltrona, e Stefano entrava e usciva in punta di piedi, come se in casa ci fosse un morto.

Poi, dopo una visita di controllo, la dottoressa le aveva prescritto la pillola miracolosa. E prima di ritornare a Los Angeles, Stefano era andato da Lorenzo per chiedergli aiuto. Anche se c'erano dei segnali di ripresa, era terrorizzato all'idea di lasciarla sola.

L'aiuto si materializzò sulla porta della cucina. «Mamma, sei schizzata? Lo sai che ore sono?» Francesca la aggredì.

Le otto meno un quarto. E si era dimenticata di svegliarla. «Mi dispiace.» Si alzò ed estrasse dal blister un'altra pillola. «Va' a prepararti, ti accompagno dentro la scuola per giustificare il ritardo» disse dopo averla inghiottita.

«Stamattina avevo il compito in classe di italiano!»

«Tu sei brava, lo farai anche con meno tempo a disposizione.»

La fissò gelida, le labbra all'ingiù. «Che cosa ne sai? I temi sono una pizza. E la profe d'italiano è odiosa.»

«La prima media è la classe più difficile, devi ancora abituarti» Cecilia osservò con un volenteroso sorriso. «Adesso non perdere tempo. Vado a prepararmi anch'io.»

«Dovevo lavarmi i capelli!»

«Lo farai nel pomeriggio, Francesca. Intanto legali con un elastico.»

Alle nove, dopo averla accompagnata a scuola e giustificato a voce il ritardo, la seconda pillola non aveva ancora scacciato l'ira e i sensi di colpa. Che razza di idea era stata lasciarla sola con la bambina? Stefano credeva davvero che percorrere mezza città due volte al giorno per andarla a portare e riprendere da scuola, fare la spesa, cucinare e riordinare la stanza fosse il miglior modo per riscuotersi e riprendere a vivere normalmente?

Era furiosa anche con Lorenzo: non aveva pensato al disagio e ai problemi che infliggeva alla figlia costringendola a lasciare la sua casa e le sue abitudini per vivere accanto a una madre abulica e depressa?

La presenza di Francesca le ricordava continuamente il bambino a cui aveva impedito di nascere. Di lui le erano rimaste solamente le immagini dell'ultima ecografia. Di tanto in tanto si soffermava a fissare quella creatura in abbozzo che era stata smembrata ed estirpata dal suo corpo. Via i piedini, via il piccolo corpo, via le braccia, via la testa. Nel suo utero vuoto era sceso il silenzio del battito interrotto. Lo risentiva ancora nelle orecchie, e doveva stringersi la testa tra le mani per non impazzire.

A volte si ritrovava a guardare Francesca quasi con rancore: era la figlia fortunata, la figlia sana, quella a cui aveva concesso il privilegio di vivere. E allo strazio del bambino interrotto si aggiungeva quello dei sensi di colpa.

Quando tornò a casa dalla scuola di Francesca, prese il blister dei tranquillanti e lo gettò in pattumiera. Nell'armadietto dei medicinali ne conservava un'altra scatola, intatta: gettò anche quella.

Mi sono meritata una bella depressione e me la voglio vivere fino in fondo, si disse con ferocia.

Paradossalmente, la sua reattività scattò nel momento in cui si rese conto di non avere alcuna protezione all'infuori dei naturali meccanismi di difesa. Mise le ecografie in fondo a un cassetto, ricominciò ad andare al mobilificio durante le ore che sua figlia trascorreva a scuola, riprese a lavorare a una nuova linea di sedie e di tavoli.

Stefano rientrò da Los Angeles la mattina del 24 dicembre, poco dopo che Francesca era tornata a casa del padre. Dopo Natale, sarebbe partita con lui, Carolina e il fratellino per la montagna.

Quella di Stefano fu una visita al volo, perché la notte di Capodanno gli Zen avrebbero cantato a Las Vegas davanti a una folta schiera di personaggi famosi invitati dall'agente americano. «E vorrei che ci fossi anche tu» le disse durante la solitaria cena della vigilia nella loro casa. «Ti ho prenotato anche il biglietto» aggiunse.

«Preferisco rimanere qui. Comunque, grazie per avermelo chiesto.»

«Non essere gentile, Cecilia. Non lo sopporto. Io so come ti senti, e...»

«E allora dimmelo: come mi sento?»

Stefano distolse lo sguardo. «Male. Se non riuscirai a distruggerti mi odierai anche per questo.»

«Perché non chiedi il divorzio? Non sono più *il massimo*, e puoi tagliarmi fuori come hai fatto con tua madre, con tuo padre, con...»

«Vuoi lasciarmi?»

Non raccolse la nota di panico. «Ho sottovalutato la tua viltà» disse con sarcasmo. «È più facile fare prendere questa decisione a me. Parti per lavoro e al ritorno trovi la piacevole sorpresa: la moglie non c'è più. Sparita come il figlio mongoloide.»

Colpito! Fu con gioia sadica che lo vide afflosciarsi sulle spalle e abbassare la testa. Non gli diede tregua. «Ho diffidato di te fin dall'inizio perché non esistono soltanto le aberrazioni cromosomiche e io sapevo, sentivo che qualcosa dentro di te non andava...» Riprese fiato. «Le persone per te non esistono, sono la folla che guardi dall'alto con il distacco della star. Tu non vivi, stai su un palcoscenico. E scacci con un calcio chi ti disturba, ti crea un problema, non è alla tua altezza. Come potrei odiarti? Non è colpa tua. Odio soltanto me stessa per aver...»

«È così che mi vedi? Un mostro?»

«Tuo padre è venuto a strisciare per chiederti perdono e tu l'hai respinto! Ho saputo il giorno dopo di essere incinta, e non ho provato niente. Ero desolata per lui. Raggelata dal sospetto di aver sposato un bell'involucro vuoto... un mostro!»

Gli occhi di Stefano si riempirono di lacrime. «Mi stai uccidendo» disse con un filo di voce.

«Uccido soltanto chi non può difendersi.» Gli girò le spalle e andò a rinchiudersi nella stanza degli ospiti. Non voleva lasciarsi coinvolgere o impietosire. Ma la furia si era ritratta e d'un tratto provava soltanto una grande tristezza.

Poco dopo udì lo scatto della porta che si chiudeva. Stefano se n'era andato. Dobbiamo lasciarci, pensò. Quel gioco al massacro avrebbe finito per uccidere anche lei.

Tornò in soggiorno e sparecchiò la tavola. Vuotò i piatti nella pattumiera e li mise nella lavastoviglie. Poi sedette davanti al tavolo della cucina, sprofondando in una malinconia senza fine.

Un'ora dopo udì la porta aprirsi. Stefano era tornato. La raggiunse in silenzio e si fermò a pochi passi da lei. «Dimmi che cosa devo fare. Io non posso perderti.»

Quella notte dormirono insieme, tenendosi aggrappati l'uno all'altra come due naufraghi. Quando Cecilia si svegliò, la casa era immersa nel silenzio. Passando davanti al soggiorno, per andare in cucina, udì Stefano. Stava parlando al telefono, sottovoce, e istintivamente si fermò. Impiegò alcuni istanti per capire che stava parlando con suo padre e trattenne il fiato per la sorpresa.

Attraverso la porta socchiusa, le giungevano alcune frasi spezzate: *no, non possiamo venire... Certamente... Fra tre giorni devo ripartire... Grazie, papà... Sì, appena Cecilia starà meglio...*

Si allontanò in fretta e corse a chiudersi in cucina. Signore, fa' che Stefano non mi parli di questa telefonata. Non sopportava che avesse chiamato i genitori per dimostrarle di aver imparato la lezione, smanioso di ottenere la sua approvazione come il primo della classe con l'insegnante.

Stefano non le disse nulla. «C'è un caffè anche per me?» chiese.

A mezzogiorno Francesca la chiamò per farle gli auguri e poi le passò il padre. «Volete venire da noi, nel pomeriggio?» Lorenzo chiese.

Cecilia coprì il ricevitore e girò la domanda a Stefano. Stefano annuì con la testa. «Ho portato un regalo per Franci» le disse quando riattaccò il ricevitore.

«Io... io me ne ero dimenticata.» Le venne in mente che un mese prima aveva comperato un giocattolo per il figlio di Lorenzo e Carolina: c'era un regalo anche per lui.

Francesca fece salti di gioia quando aprì il suo pacchetto: una collanina etnica in pietre dure e argento. Gettò le braccia al collo di Stefano. «È più bella di quella della mia amica Beatrice! Grazie!»

Stefano ripartì la mattina del 28 dicembre. Avevano trascorso i due giorni dopo Natale in casa, seduti in salotto a guardare la televisione o le videocassette di vecchi film. Avevano paura di rompere il silenzio con una parola sbagliata e appena finiva un film Stefano si affrettava a metterne un altro nel videoregistratore.

Cecilia di tanto in tanto si alzava per portargli una cioccolata, una spremuta, un caffè.

La gentilezza era il solo modo per comunicarsi tacitamente ciò che non osavano dirsi: lasciamo le cose come stanno, non prendiamo decisioni affrettate, non facciamoci più male. Quando andavano a letto, lui le prendeva una mano o le circondava la spalla con un braccio, irrigidito nello sforzo di non fare alcun movimento che potesse apparirle il tentativo di un contatto più intimo. Non facevano più l'amore da tre mesi, ma il terrore di essere respinto lo paralizzava. Successe anche la notte prima della partenza.

La testa sulla spalla di lui, immobile, Cecilia avvertiva questa tensione ma anche il calore del corpo accanto al suo. Il desiderio di essere stretta e saldata a quel corpo la illanguidiva in uno struggimento che la faceva stare male.

Cautamente, trattenendo il respiro, si spostò su un fianco e gli si raggomitolò contro. Le braccia di Stefano la circondarono tutta raccogliendola sotto di sé. Lei non reagì.

«Oh, Cecilia, ti amo!» gridò ricoprendole il viso di baci, in una esplosione di desiderio incontenibile. La saldò al suo corpo gemendo.

Cecilia gli puntò le mani sul petto, spostandolo da sé. «Non posso! Ti prego, non posso!»

La lasciò subito. «Scusami.»

«È colpa mia, scusami tu.»

Stefano restò a Los Angeles sino alla fine di gennaio e Ted Edwars raggiunse il complesso per seguire personalmente l'incisione del primo disco americano e programmarne il lancio.

Stefano le telefonava ogni giorno, quando lei si stava preparando per andare a lavorare e lui per andare a letto. Talvolta il telefono squillava a mezzanotte, quando lei si era appisolata davanti al televisore o era già a letto e lui era ancora alla metà del pomeriggio.

La differenza di fuso orario acuiva in Cecilia la sensazione di un distacco che non era soltanto fisico: erano divisi da un oceano, e nella loro quotidianità non esisteva più alcun contatto, come se le loro esistenze fossero ribaltate. Quando lui viveva, lei dormiva. E viceversa.

Ma a rattristare Cecilia era la consapevolezza che il ritorno del marito avrebbe posto fine alla tregua mettendoli di fronte alla realtà di un distacco ben più profondo. Continuava ad amarlo, ma era un sentimento ferito di cui prendeva atto con rassegnazione, senza gioia.

Continuava anche ad avere fiducia in lui, ma diffidava di quello che per immaturità, per paura o per leggerezza avrebbe potuto ancora infliggerle.

Con il trascorrere delle settimane il ricordo dell'aborto aveva smesso di angosciarla. Ma dentro al suo ventre era rimasto il vuoto di un cuore che non batteva più, di un essere vivo che era stato raschiato, ridotto in minuscoli brandelli di carne morta e sanguinante.

Era un vuoto luttuoso, incolmabile. E la sola idea che Stefano potesse penetrarla e inondarla del suo seme le causava una viscerale repulsione. No. Non sarebbe mai più riuscita a fare l'amore con Stefano. E questo, dolorosamente e fatalmente, li avrebbe divisi per sempre.

Giuliana venne a trovarla verso la metà di gennaio, al ritorno da Los Angeles. Aveva trascorso una settimana con gli Zen, chiamata da Ted Edwars per collaborare con gli agenti americani del complesso e dare alcune direttive per la promozione del disco.

Cecilia seppe così che in quegli stessi giorni anche Alberto Zennaro e la moglie si erano recati a Los Angeles a trovare il figlio, ed erano rientrati in Italia assieme a lei.

Stefano non le aveva fatto alcun cenno di questa visita: e ancora una volta il suo silenzio le parve un segno rassicurante: no, non stava riallacciando il rapporto coi genitori per avere il suo applauso, ma soltanto perché l'infantile rancore si stava dissolvendo.

«Sono due brave persone» Giuliana le raccontò. «Stefano ha portato il padre in sala d'incisione, e ti giuro che mi è sembrato un uomo totalmente diverso da come immaginavo: si beveva il suo ragazzo con gli occhi, orgoglioso come il contadino o l'operaio che vede il figlio travolto da fama e soldi.»

«E la madre?» Cecilia non si trattenne dal chiedere.

«È una donna ancora giovane, e molto bella. Stefano le ha detto che hai abortito, e le ha anche spiegato perché.»

«Non doveva» Cecilia disse avvampando.

«E perché? Non è un segreto vergognoso, e sua madre ne è rimasta sconvolta. Soprattutto per te. Vuole conoscerti, chiederti scusa per i commenti che fece in quella intervista.»

«È passato tanto tempo» si schermì Cecilia con un gesto di fastidio.

«Lei e il marito pensano che tu abbia avuto una influenza molto positiva su Stefano. E sono sicuri che è soltanto merito tuo se si è riavvicinato a loro. Ne sono sicura anch'io, Cecilia. Sei tu che lo hai aiutato a crescere.»

Ho creduto di sposare un adulto e mi sono ritrovata con un adolescente pieno di problemi da crescere, Cecilia pensò malinconicamente dopo la visita di Giuliana. Non era preparata a questo. E adesso era estenuata.

## XVI

Dall'inizio di febbraio sino alla fine di aprile gli Zen sarebbero rimasti a Milano: gli unici spostamenti previsti erano per due passaggi televisivi a Roma e un concerto a Parigi. Dopo un anno trascorso volando su e giù per il mondo, in un frenetico susseguirsi di esibizioni e impegni, non soltanto avevano bisogno di riprendere fiato ma anche di concentrarsi professionalmente.

Come tutti i complessi, gli Zen non potevano vivere di rendita sui successi acquisiti. Era indispensabile alimentarli con la scelta di nuovi brani, la composizione di nuove musiche, l'elaborazione dei testi, la ricerca strumentale, lo studio degli arrangiamenti.

Dopo una settimana di riunioni nella grande sala che la Casa discografica gli aveva riservato, Stefano, Enrico, Piero e Umberto concordarono il progetto e si suddivisero i compiti: da quel momento, pur tenendosi in contatto, ciascuno cominciava a lavorare per conto proprio.

Stefano si alzava con Cecilia, faceva colazione con lei e dopo che era uscita per recarsi al mobilificio, andava nella stanza insonorizzata e attrezzata in fondo al corridoio. La "camera dei suoni", come l'aveva ribattezzata Francesca.

A Stefano bastavano il pianoforte e una risma di fogli da riempire di annotazioni, di note e di strofe.

Ma da quando era tornato dagli Stati Uniti non riusciva più a concentrarsi. Chiuso nello studio, avvertiva il ridicolo di quell'inutile accanimento alla ricerca di una ispirazione o di una idea: non ne aveva più. Probabilmente il suo celebrato talento si era esaurito in una breve stagione creativa, come la sua passione per la musica.

«Balle» aveva detto Enrico. «Non riesci a lavorare soltanto perché hai troppi problemi per la testa.»

Il suo problema era Cecilia. Alla fine di gennaio era tornato da Los Angeles con il cuore in gola, temendo che lei gli dicesse "è finita, ti lascio". Questo non era avvenuto: ma al sollievo dei primi giorni era subentrata la desolante certezza che al loro matrimonio era rimasta la base più fragile, l'amore.

Cecilia non lo lasciava perché non aveva la forza di infliggersi la sofferenza di un'altra perdita: aspettava soltanto che quel sentimento senza sesso, senza allegria e senza fiducia si esaurisse per consunzione e dopo aver cancellato anche il ricordo dei giorni felici.

Vista con occhi estranei, Cecilia appariva una moglie gentile e comprensiva: lo era davvero, ma perché voleva risparmiarsi anche il disagio dei sensi di colpa. Il giorno in cui l'amore fosse finito, lo avrebbe lasciato con la forza della coscienza tranquilla: era scritto così, lo aveva sempre saputo e non c'era stato nulla da fare per opporsi a una rottura inevitabile, fatale.

L'ultima domenica di febbraio l'aveva portata a Biella per farle conoscere i suoi genitori e, mentre erano in macchina, le aveva confessato con imbarazzo che da due mesi si era riconciliato con loro. Cecilia gli aveva risposto che lo sapeva. Sapeva anche della visita che gli avevano fatto in America.

Soltanto in quel momento si era reso conto dell'abisso che si stava scavando tra loro. Chiusi nel proprio silenzio, non si facevano più domande e si davano da soli le risposte.

Aveva proseguito il viaggio per Biella detestandola. In che trappola era caduto? Questa era l'abile regia di sua moglie per arrivare alla fine indolore del loro matrimonio e lui, come un imbecille, si atteneva diligentemente al copione. Non te lo permetterò, le disse con silenzioso astio. Ti costringerò a litigare, a insultarmi, a gettare la maschera mortale della gentilezza. E non ti permetterò nemmeno di lasciarmi.

Ma l'incontro di Cecilia con i suoi genitori lo aveva costretto a mitigare il suo giudizio. Era impossibile scorgere una maschera nel viso emozionato di sua moglie, o una sapiente regia nei suoi modi semplici e spontanei. Stefano aveva intercettato più volte lo sguardo di suo padre mentre si posava su di lei, e vi aveva scorto una inequivocabile luce di approvazione.

Ne era stata conquistata anche sua madre, ed escludeva che Cecilia si fosse attenuta a un copione raccontando con amarezza del rapporto irrecuperabile coi suoi genitori, parlando con sofferenza della menomazione del bambino che aspettava, accennando con pudore ai problemi che si erano creati dopo l'interruzione volontaria della gravidanza.

Ma Cecilia era stata anche capace di ascoltarli, intervenire con le parole giuste, farli ridere con le sue battute. E non vi fu alcun imbarazzo quando a sua madre sfuggì che, subito dopo aver celebrato le nozze segrete, don Giuseppe li aveva chiamati a Biella per rassicurarli: non dessero retta alle chiacchiere dei rotocalchi, il loro figlio aveva trovato una ragazza perbene con un temperamento niente male.

Ripartirono da Biella dopo cena. E quella notte fecero l'amore per la prima volta dopo cinque mesi. Mentre le braccia di Cecilia gli allacciavano le spalle, Stefano penetrò dentro di lei in una esplosione di desiderio, di sollievo, di gioia. Stava per raggiungere l'acme, quando si raggelò di colpo. La stretta delle braccia si era allentata e, inerte tra le sue braccia, Cecilia stava piangendo silenziosamente. Sembrava il lamento di un animale ferito a morte.

Stefano si staccò da lei e ricadde supino. Non si era mai sentito così infelice e impotente.

Cecilia allungò una mano, come a confortarlo. «Mi dispiace.»

«Non voglio la tua compassione» disse tetro.

«Credevo di essere pronta, di potercela fare.» Cecilia sussurrò.

«Stai tranquilla, non ti chiederò mai più l'immane sforzo di fare l'amore con me.»

«Stefano, non possiamo continuare così. Tu hai il diritto di...»

«Lascia perdere, adesso ho sonno» l'aveva interrotta in preda al panico. Forse il momento della separazione indolore era arrivato. Forse Cecilia l'aveva capito proprio mentre lui, maledetto imbecille, credeva di fare l'amore senza rendersi conto che le stava usando una ennesima violenza.

Erano trascorse due settimane da quella notte. Non l'aveva toccata più, non le aveva offerto il minimo appiglio per affrontare il discorso della loro separazione. Ma non poteva continuare a vivere in difesa, tremebondo e passivo. Doveva riconquistare la fiducia di sua moglie, insinuare in lei il sospetto che non sarebbe mai stata capace di lasciarlo, dimostrarle quanto la amava.

Nel frattempo, però, non poteva nemmeno abbassare la guardia rischiando che Cecilia, in un soprassalto di ribellione o di rancore, lo mettesse di fronte a una decisione irreparabile. E così, da inconsapevole interprete, si trasformò in abile regista.

Una sera, tornata dal mobilificio, Cecilia trovò in casa tutti i ragazzi del complesso. «Tuo marito sta battendo la fiacca» Enrico le spiegò «e abbiamo deciso di lavorare insieme.»

In realtà era stato Stefano a deciderlo, per mettere fine alle loro cene solitarie e ai loro frustranti silenzi pieni di insidie. Per una settimana l'appartamento di corso Garibaldi diventò ristorante, bar, sala di prove, luogo di risse. Cecilia rientrava a casa e trovava l'acquaio pieno di bicchieri sporchi, i pavimenti pieni di briciole, lattine e bottiglie sparse ovunque.

Alle sette e mezzo Enrico andava in una rosticceria e ne riportava la cena per tutti. Era il solo a comportarsi educatamente. Umberto e Piero entravano in cucina, nei bagni o in soggiorno come se fossero a casa loro, seminando cicche ovunque. Nelle stanze ristagnava un odore acre di fumo che Cecilia non riusciva a sopportare, così come le urla che provenivano dallo studio, le incursioni di Piero in cucina, le sue battute grevi.

Troppo tardi Stefano si rese conto che quella invasione stava diventando per sua moglie una vera tortura. E rischiò addirittura di creare l'irreparabile. Erano le dieci di sera e Cecilia stava facendo un po' d'ordine in cucina quando Umberto entrò chiedendole un bicchiere grande e una bottiglietta di acqua minerale.

Lei si affrettò a darglieli, sperando che sparisse. E invece Umberto riempì il bicchiere e, dopo averlo posato sul tavolo della cucina, aprì la trousse che aveva portato con sé e ne estrasse un boccettino, un contagocce, due flaconi di pillole, una piccola fiala e una bustina.

Cecilia restò a guardarlo come ipnotizzata mentre, con gesti da alchimista, lui dosava e scioglieva tutti quei medicinali trasformando l'acqua in un intruglio. «Hai un cucchiaino?» le chiese a un tratto.

Cecilia si riscosse. «Si può sapere che cosa stai facendo?»

«Un beverone per tuo marito. È spompato, fuori.»

«Butta via subito quella schifezza!» Cecilia urlò facendo per togliergli di mano il bicchiere.

Umberto lo sollevò. «Giù le mani. Di quale schifezza parli? È una bomba celestiale: amfetamine, vitamine, codeina, rilassante muscolare.»

«È una bomba per schizzati come te. Mio marito non ha bisogno di queste porcherie.»

Umberto la guardò con una espressione di compatimento e di sarcasmo. «Tuo marito non è Superman, bella signora. Senza un aiutino, come credi che potremmo reggere alla vita che facciamo?»

«Stai dicendo che tutti i cantanti sono drogati?»

«Non tutti: molti si tengono su con l'aiutino prescritto da un compiacente medico di fiducia.»

Cecilia non chiese alcuna spiegazione: si limitò a dire a Stefano che dopo quella sera non voleva mai più rivedere Umberto e Piero.

Qualche giorno dopo fu Enrico ad affrontare il discorso della "bomba celestiale", ridimensionando ciò che Umberto aveva provocatoriamente drammatizzato. Quel beverone non era per Stefano, perché si trattava di un micidiale miscuglio di droghe, ma capitava a tutti loro di dover ricorrere a qualche sostanza stimolante per reggere alla mancanza di sonno, agli spostamenti da una località all'altra, allo stress dei concerti.

Cecilia si rassicurò solo in parte e durante le loro cene, di nuovo solitarie, Stefano avvertiva talvolta su di sé lo sguardo perplesso e accigliato della moglie. «Come fai a sopportare due persone tanto volgari?» sbottò una sera. «Non ti ripugna condividere tutto con loro?»

«Condividiamo soltanto il lavoro. Ma a volte, non lo nego, mi ripugna il solo vederli.»

Il mese di aprile, un aprile insolitamente freddo e piovoso, iniziò con una inaspettata ripresa delle ostilità da parte dei nonni di Francesca.

Tutto iniziò con una telefonata. Cecilia era appena uscita da casa quando Lorenzo chiamò chiedendo di lei. Rispose Stefano. Dopo qualche istante di esitazione spiegò a lui che la sera prima Carolina si era fratturata il femore cadendo da una scala e dal pronto soccorso era stata ricoverata direttamente in ortopedia per essere operata.

Prevenendo la sua richiesta, Stefano si offrì spontaneamente di andare a scuola a prendere Francesca e aggiunse che lui e Cecilia potevano tenerla a casa loro per tutto il tempo che era necessario. «In questo periodo lavoro a casa» spiegò «e posso occuparmi di lei senza problemi mentre Cecilia è in ufficio.»

Lorenzo lo ringraziò, sollevato. «La madre di Carolina è venuta a prendere il piccolo ma per lei è un problema accompagnare e riprendere Francesca dalla scuola. Mi basta che la teniate fino a lunedì prossimo, quando i miei genitori torneranno dalla montagna.»

«Credo che Cecilia preferisca averla con sé. Ma questo lo deciderai con lei.»

La presenza di Francesca si prospettò a Stefano come un dono insperato: era sinceramente affezionato a quella bambina, e aveva la certezza che avere con sé la figlia sarebbe stato di grande aiuto anche a Cecilia. Alle quattro andò a prenderla a scuola e, come lo vide, Franci gli corse incontro, il viso illuminato di gioia.

«Credevo di trovare la mamma di Carolina» gli disse mentre saliva in macchina. «Lei mi tratta come una bambina piccola, e a volte è proprio una pizza!»

«Preferisci restare con me e la mamma?»

«Sì, certo!»

Appena arrivarono a casa, Francesca volle andare nella "camera dei suoni" e gli rivolse una raffica di domande: come si intitolava il nuovo disco? Quante canzoni erano già pronte? E quante ne aveva scritte lui? Era più facile fare i testi oppure le musiche?

Quando Cecilia rientrò alle otto, fu accolta da un delizioso profumo di arrosto. La tavola del soggiorno era apparecchiata, con le candele già accese, e Francesca la guidò tutta eccitata verso la cucina. «Ho fatto tutto io, mamma. Stefano ha soltanto tolto la carne dal freezer e acceso il forno. Ho preparato anche il budino di cioccolato con gli amaretti!»

Stefano seguì la moglie mentre andava in bagno a lavarsi le mani e le raccontò brevemente della frattura di Carolina e della proposta che aveva fatto a Lorenzo di lasciare a loro la bambina anziché mandarla dai nonni.

«Hai fatto benissimo. Francesca ha una madre, e non se ne parla proprio di affidarla ai nonni.»

Erano arrivati alla metà della cena quando l'atmosfera rilassata e gioiosa fu bruscamente interrotta dalla telefonata della madre di Lorenzo: lei e il marito erano appena rientrati a Milano, e all'indomani Francesca sarebbe andata direttamente da scuola a casa loro.

«Mia figlia resta qui» replicò Cecilia. Non volendo discutere davanti alla bambina, si trasferì con il cordless in cucina. «Domattina telefonerò a Lorenzo e ci metteremo d'accordo» riprese dopo aver chiuso la porta.

«Lascia in pace Lorenzo. È in ospedale con sua moglie e io sono tornata a Milano apposta per occuparmi di Francesca.»

«Non intendo discutere con te, Anna. A suo tempo, io e Lorenzo abbiamo stabilito che nessuno deve intromettersi nelle decisioni e nei problemi che riguardano nostra figlia.»

«Dimentichi che per otto anni ti abbiamo sollevato da *tutti* i problemi! E da casa nostra la bambina è passata a quella di suo padre: quando mai ti sei occupata, o preoccupata, di lei? Dovresti vergognarti. Anche per la tua ingratitudine.»

«Dovresti vergognarti tu, Anna.» Interruppe la comunicazione tremando di rabbia, e rimase in cucina aspettando di ritrovare la calma. Ma Francesca non gliene diede il tempo.

«Perché hai litigato con la nonna Anna, mamma?»

Stefano aveva seguito la bambina e disse con imbarazzo: «Di là si è sentito tutto. Mi dispiace».

Non abbiamo litigato, è stata una piccola discussione, stava per rispondere. Ma Francesca avrebbe compiuto in quei giorni dodici anni, e le sembrò disonesto nasconderle la verità. «La nonna Anna vuole che tu vada da lei mentre Carolina è in ospedale. Non mi ha mai ritenuto una buona madre: prima perché ero troppo giovane, dopo perché ho sposato Stefano.»

Francesca la fissò per qualche istante in silenzio, riflettendo su quelle parole. «Stefano è molto buono e io adesso sono contenta che l'hai sposato» disse alla fine. «Però...»

«Non aggiungere altro» Stefano esclamò prendendola in braccio e facendola roteare. «In questo momento ti regalerei il mondo! Dimmi il desiderio più pazzo, la cosa che più vorresti!» La rimise a terra e aspettò la risposta.

Il viso di Francesca si fece dubbioso. «Non so se il papà me lo permetterebbe...»

«Che cosa?»

«Vorrei venire a Parigi con te e fermarmi a vedere Eurodisney.»

Cecilia intervenne brusca. «Levatelo dalla testa. Non te lo permetto nemmeno io.»

«E perché no?» chiese Stefano.

# XVII

Tutto accadde per due frasi sbagliate. Furono quelle due frasi a cambiare il corso degli eventi e a stravolgere le loro vite.

Francesca rifiutava di arrendersi al no della madre. Stefano assisteva agli scontri tra Cecilia e la figlia vietandosi di intervenire, e gli sembrava incredibile che una bambina di dodici anni riuscisse a sferrare attacchi psicologicamente tanto sottili: perché no? Non ti fidi di Stefano? Ha ragione la nonna Anna, sei cattiva! È la prima volta in vita mia che ti chiedo qualcosa, ma a te non importa niente! Tutte le mie amiche sono andate a Eurodisney e io sono la più sfortunata di tutte perché non ho nemmeno una vera famiglia!

Senza accorgersene, Francesca faceva leva soprattutto sui sensi di colpa della madre, e Stefano capiva quanto Cecilia ne soffrisse. Ma allo stesso tempo lo offendeva che fosse tanto visceralmente contraria ad affidargli la figlia per tre giorni nonostante le avesse dato tutte le rassicurazioni possibili: sarebbe partito per Parigi con un volo diverso da quello di Piero e Umberto; avrebbe preso una suite con due stanze comunicanti per non perderla mai di vista; durante il concerto l'avrebbe tenuta dietro al palcoscenico affidandola all'amico Paul Jacobi. E il giorno dopo si sarebbe trasferito con lei in un albergo all'interno di Eurodisney.

Tre ore dopo che Carolina era uscita dalla sala operatoria, Lorenzo era venuto a casa loro per trovare la figlia, e Stefano aveva assistito all'estremo tentativo di Francesca per strappare il permesso del viaggio. A colpirlo fu il modo con cui lo fece. Non ricattò, non accusò, non usò alcuna tattica: si limitò a ripetere quanto l'avrebbe resa felice quel viaggio continuando a fissare il padre con gli occhi supplici e ansiosi. Certa del suo affetto faceva leva soltanto su quello, sperando che alla fine l'affetto lo avrebbe spinto a concederle la cosa che più desiderava.

Era evidente che Francesca aveva con il padre un rapporto privilegiato, spontaneo e privo di animosità: l'amarezza di questa constatazione crebbe quando Stefano si accorse che anche Cecilia stava pensando la stessa cosa.

«Papà, dimmi di sì. Per piacere, per piacere, per piacere mandami a Parigi!» Francesca proruppe prendendolo per le braccia.

«Ti prometto che appena finiranno le scuole ti ci porterò io. Adesso non chiedermelo. Non è possibile.»

«E va bene.»

Il viso rassegnato e triste della figlia strinse il cuore di Cecilia. «Perché non è possibile? Riparliamone» disse in fretta.

Lorenzo la guardò irritato. «Riparlare di che cosa? Franci si è finalmente convinta e non capisco che senso ha riaprire il discorso.»

Il viso della bambina si era improvvisamente animato,

e anche lei guardò Cecilia. Quello sguardo pieno di speranza la spinse a continuare. «Credo di avere cambiato idea. Perché negare a...»

Lorenzo la interruppe e chiese alla figlia: «Vuoi lasciarmi solo con Stefano e con tua madre?». Non appena la bambina si fu allontanata, si rivolse a Cecilia: «Ti sembra educativo contraddirmi davanti a lei?» disse gelido.

«Francesca ha l'età per capire che nemmeno i genitori possono essere d'accordo su tutto.»

«Ma non ha l'età per andare da sola a Parigi! E su questo, fino a pochi minuti fa, eravamo assolutamente d'accordo.»

A quel punto Stefano non si trattenne più. «Non voglio intromettermi, ma soltanto precisare che Francesca partirebbe con me e la terrei con me per tutto il tempo. Se non ti fidi, è un altro discorso.»

Lorenzo strinse le labbra. «Questo non è il momento per aprire un nuovo fronte di problemi con la mia famiglia.»

Cecilia strinse gli occhi. «Di che problemi parli?»

E in quel momento arrivò la prima frase sbagliata. Fu la risposta che Lorenzo, ormai incapace di controllo, le diede con voce furente: «Non voglio litigare per l'ennesima volta con i miei genitori a causa tua! Se mandassi Francesca in Francia con Stefano, mi metterebbero in croce!».

Cecilia si drizzò sulle spalle. «Vuoi negarglielo perché *hai paura* dei tuoi genitori? A questo punto non ho più dubbi: io mi fido di mio marito, e Francesca partirà con lui.»

Se Lorenzo non si fosse fatto sfuggire quella frase, se avesse accettato di riaprire il discorso spiegando con pacatezza i motivi del rifiuto, sicuramente Cecilia si sarebbe lasciata convincere. E questi motivi erano obiettivamente validi: non farle perdere tre giorni di scuola; non imporre a Stefano, impegnato con le prove e con il concerto, la responsabilità di guardarla a vista; evitare alla bambina gli strapazzi, le emozioni e gli entusiasmi che l'avrebbero deconcentrata dallo studio proprio quando doveva impegnarsi al massimo.

Lorenzo invece non disse nulla di tutto questo. Ribadì che, con Carolina in ospedale e il figlio piccolo sbattuto tra una nonna e l'altra, di problemi ne aveva abbastanza. E si spinse oltre, ricordandole irosamente il chiasso e lo scandalo che il suo legame con Zen aveva provocato. Le era così difficile capire l'animosità dei suoi genitori? La diffidenza che loro malgrado continuavano a nutrire per Stefano?

Cecilia perse le staffe e, dopo quello scontro, mandare Francesca a Parigi diventò la sua personale dichiarazione di guerra ai genitori di Lorenzo. In loro vedeva l'emblema di tutte le violenze, tutte le umiliazioni, tutti i colpi bassi che aveva dovuto subire per sposare l'uomo che amava.

Per tre giorni fu un susseguirsi di telefonate rissose e di polemiche interminabili. Stefano ne era sconvolto ma, allo stesso tempo, provava un inconfessabile sollievo nel sentire con quanta veemenza Cecilia difendeva il suo matrimonio e ribadiva la fortuna di aver incontrato un uomo perbene e affidabile come Stefano Zennaro.

Alla fine, Lorenzo depose le armi: fu quando capì che affrontare le proteste dei genitori sarebbe stato meno estenuante che proseguire la guerra con Cecilia.

Il pomeriggio del 10 aprile Stefano andò a scuola a prendere Francesca e le diede la grande notizia: all'indomani sarebbero partiti insieme e avrebbero festeggiato a Parigi il suo dodicesimo compleanno. I festeggiamenti sarebbero poi proseguiti per due giorni a Eurodisney. Per convincerla che era tutto vero, le mostrò i biglietti che Giuliana gli aveva fatto avere poco prima.

La seconda frase sbagliata fu quella che Cecilia disse la mattina dopo, all'aeroporto, mentre Francesca stava scegliendo alcuni giornaletti all'edicola di fronte.

«Spero di non pentirmi di averla fatta partire» gli sussurrò a denti stretti.

Quel tono, quasi minaccioso, fece sorridere Stefano. «Non hai detto e ripetuto che sono un uomo affidabile e perbene?»

«Ho anche detto che sono stata molto fortunata a incontrarti.»

Stefano sentì tutte le speranze e il sollievo di quei giorni afflosciarsi. «Credevo che tra noi le cose ricominciassero a funzionare...»

Lo guardò con ira. «Ti sembra che nel nostro matrimonio funzioni qualcosa?»

La guerra di quegli ultimi giorni aveva stremato anche Cecilia. I dolorosi limiti che aveva scoperto in Stefano non avevano minimamente scalfito la certezza che fosse una persona perbene, ma nel momento di separarsi da Francesca avvertiva l'enorme responsabilità che si era presa. Ed erano stati la tensione, la stanchezza, i sensi di colpa per non essere partita anche lei a metterle in bocca le parole fatali.

Più avanti, ogni volta che la mente fosse riandata a quel maledetto viaggio, Stefano avrebbe avvertito la fitta di panico che lo fece rimanere tramortito e immobile fino a quando Francesca non tornò da loro con i suoi giornaletti.

Per qualche istante ebbe la sensazione che una valanga si fosse abbattuta su di lui. Solo col tempo capì che le parole di Cecilia ne avevano solamente segnato l'inizio: qualcosa si incrinò, come un piccolo blocco di neve che si stacca dalla montagna e comincia l'inarrestabile discesa diventando sempre più grande, sempre più devastante.

Ma quando salì sull'aereo, si sforzò di ritrovare l'autocontrollo: Francesca stava vivendo l'esperienza più emozionante della sua vita di dodicenne e non poteva rovinargliela. Coinvolto dall'eccitazione e dalle chiacchiere della bambina, Stefano sentì la tensione allentarsi. Franci si fece ripetere il programma di quella giornata e lui si soffermò sui particolari: all'aeroporto era in attesa una macchina che li avrebbe portati al Ritz, l'albergo più lussuoso di Parigi. Dopo essersi cambiati e avere lasciato i bagagli, avrebbero raggiunto insieme i ragazzi del complesso per prendere gli ultimi accordi.

No, non dovevano provare perché il repertorio era lo stesso dell'ultima tournée e a controllare gli strumenti, gli impianti e le luci erano i tecnici che seguivano il loro complesso in tutti i viaggi. Il concerto avrebbe avuto inizio alle nove e mezzo, e alla fine loro due sarebbero rientrati al Ritz per cenare nella suite. All'indomani mattina, appena svegli, partenza per Eurodisney! Due giorni di libertà e di divertimento totale!

Nella memoria di Stefano si sarebbe creato un curioso susseguirsi di black out, come se nel volgere di quella giornata fosse scattato, di tanto in tanto, un interruttore. La cronologia degli eventi era frammentaria e confusa, ma nonostante questo capì che la valanga lo aveva travolto alle sei del pomeriggio, in teatro, nel momento in cui Glenda si materializzò davanti a lui con un sorriso festoso.

Stefano stava per tornare in hotel con Franci, per un breve riposo prima del concerto, e non si sentì in colpa mentre la invitava a bere qualcosa al bar né mentre, divertito come non gli accadeva da tempo, ascoltava il racconto della sua ultima follia: sei mesi prima, in Brasile, aveva sposato un affascinante attore francese conosciuto da due settimane e la notte delle nozze lui aveva capito di essere irrimediabilmente omosessuale. Dal patto di amichevole convivenza Glenda aveva ricavato un lussuoso appartamento a Parigi, un giro di amicizie molto divertenti e un conto in banca con relative carte di credito.

Le occhiate impazienti di Francesca lo avevano spinto a congedarsi da lei. Ma gli fece piacere sapere che quella sera avrebbe assistito al concerto.

«Era la tua ragazza, vero?» gli chiese Francesca mentre tornavano in albergo.

E qui scattava l'interruttore. Il buco nero che cominciava dal momento in cui si era congedato da Glenda a quello in cui, sei ore e mezzo dopo, usciva in punta di piedi dalla suite del Ritz per correre due piani sotto, nella stanza dove Glenda lo stava aspettando.

Un'altra cosa, chiedendo pietà a se stesso, Stefano avrebbe capito col tempo: nella rovinosa discesa verso il fondo, la valanga si era ingrossata raccogliendo tutti i rimorsi, le frustrazioni, le umiliazioni, le paure, i rimpianti di quegli ultimi mesi. Glenda era stata l'appiglio per risollevare la testa, per accorgersi di essere ancora vivo.

Stefano era uscito dalla stanza di lei alle sei del mattino e aveva salito i due piani di scale a piedi sopraffatto dalla desolazione. Una botta di sesso e via: come aveva potuto degradarsi a quel punto? Infilò la scheda nella fessura ed entrò nella suite come ne era uscito, in punta di piedi per non svegliare Francesca.

Entrò nella stanza della bambina ed arretrò con un sobbalzo: il letto era vuoto. «Franci!» gridò, la voce strozzata dal panico.

La bambina era in bagno, raggomitolata contro la vasca e con la testa tra le ginocchia. «Franci» sussurrò curvandosi su di lei.

Allungò una mano per sollevarla, ma la bambina si divincolò come una furia. Solo in quel momento si accorse che aveva il viso arrossato e gli occhi lucidi. «Stai male?» le chiese preoccupato.

«Voglio mio padre! Portami subito a casa, da mio padre!»

Quel grido, spaventato e rauco, lo fece sobbalzare. «Franci, che cosa è successo? Ti prego, non…»

La bambina si drizzò di scatto e corse verso la sua stanza. «Voglio andare via da qui, subito!» disse afferrando il suo zainetto.

«Calmati, ti prego. Non ti ricordi? Dobbiamo andare a Eurodisney.»

Gli lanciò un'occhiata che lo raggelò: distaccata, compassionevole, adulta. «Portami subito da mio padre» ripeté con forza.

Chiamò Cecilia soltanto alle otto, quando furono all'aeroporto ed ebbe la certezza di potersi imbarcare sul primo volo per Milano. Cercando di mostrare una tranquillità che era ben lungi dal provare, le spiegò che la bambina aveva qualche linea di febbre e la stava riportando a casa.

Francesca tacque per tutto il viaggio. La testa reclinata sul sedile e lo sguardo fisso nel vuoto, sembrava perduta in un mondo irraggiungibile. Quando Stefano fece per aiutarla ad allacciare la cintura, si scostò di scatto.

Cecilia era venuta ad aspettarli all'aeroporto. Come scorse la figlia, le andò incontro tendendole le braccia. Francesca respinse anche lei.

Cecilia lanciò una breve occhiata a Stefano, poi prese per mano la figlia. «Andiamo a casa, amore. Hai bisogno di...»

«Voglio andare da mio padre, subito!» la interruppe istericamente.

«Papà è in ufficio e Carolina è appena uscita dall'ospedale» le spiegò con pazienza. Poi, rivolta a Stefano: «Si può sapere che cosa è successo?».

«Non lo so» rispose con un sospiro.

«Che cazzo di risposta è?»

Francesca si strinse le orecchie con le mani. «Basta! Telefona subito a papà di venirmi a prendere!»

Quando il taxi arrivò in corso Garibaldi, Lorenzo era già ad aspettare sotto il portone. Scese dalla macchina e andò incontro a Francesca. La bambina gli si aggrappò addosso. «Portami via subito, papà!»

Un altro buco nero. Tre ore svuotate da ogni ricordo. Alle dodici e mezzo Lorenzo, con una espressione preoccupata e perplessa, conduce la figlia verso la macchina, la aiuta a salire e riparte. Alle tre e mezzo scosta con violenza Stefano, che è andato a aprirgli la porta di casa sua, e irrompe nel soggiorno. Afferra Cecilia per le spalle e la solleva dal divano, scrollandola con furia. «Lo sai che cosa è successo a tua figlia? Stanotte, mentre il tuo affidabile marito era chissà dove, un ragazzo del suo complesso è entrato nella stanza e l'ha molestata!»

Cecilia che si affloscia come un sacco vuoto, gemendo. Lorenzo che le volta le spalle ed esce sbattendo la porta: e poi un altro buco nero di due giorni.

Stefano emerge dal cumulo di detriti e si ritrova nello studio legale di Lorenzo e di suo padre. È stato lui a chiedere quell'incontro. Vuole sapere tutta la verità. E il nonno di Francesca gliela sbatte in faccia. Alle due del mattino il suo degno amico Piero, mezzo ubriaco, ha bussato alla porta della suite. Francesca si è svegliata ed è andata ad aprirgli.

«Vuoi i particolari?» interviene Lorenzo. «Il male peggiore le è stato risparmiato, ma ad eccezione della violenza carnale mia figlia è stata costretta a subire i giochetti più lerci. Non fare quella faccia inorridita, Zen: il tuo complesso è salvo perché ho deciso con mio padre di non denunciare quello che è successo. Non voglio che mia figlia finisca sulle copertine o nei telegiornali. Quando riuscirò a mettere le mani su quel porco del tuo socio gli darò io, con grande discrezione, la lezione che merita.»

L'ultima parola è del padre di Lorenzo. «Chiederemo l'affidamento di Francesca. Se il giudice ce lo imporrà, sua madre potrà vederla, ma solo in nostra presenza.»

Stefano uscì dallo studio, salì in macchina e andò a colpo sicuro nella villa che aveva venduto a Umberto: sapeva che Piero si era rifugiato lì, dall'amico del cuore.

Era sdraiato sotto alla lampada abbronzante, nudo come un verme e con una mascherina sugli occhi. Stefano diede un calcio all'impalcatura e gli strappò la mascherina.

«Stai calmo, amico» Piero disse alzandosi in piedi e arretrando di qualche passo. Il suo corpo puzzava di sudore e di paura.

Stefano gli balzò addosso, immobilizzandolo.

«Ehi, quante storie per una palpatina...»

Il primo pugno gli fece cadere quattro denti. Piero tentò invano di divincolarsi: con una mano Stefano lo tenne fermo, con l'altra colpì e colpì e colpì ancora, fino a quando non gli ricadde addosso come un peso morto. Se lo scrollò via e lo vide cadere sul pavimento. Peccato, respirava ancora.

Stefano tornò nell'appartamento di corso Garibaldi. Ricordava di essere rimasto a letto per due giorni. Soltanto un dolore lancinante alle mani, livide e gonfie, lo riscuoteva da un sonno di morte. Non avrebbe mai ricordato, invece, il momento esatto in cui Cecilia se n'era andata dalla loro casa. Lo stesso giorno in cui aveva appreso l'orribile verità da Lorenzo? La mattina dopo? Due giorni dopo? Era un altro buco nero.

Sapeva, di certo, che non vi erano stati litigi, accuse o insulti. Lei se n'era andata e basta.

Il complesso degli Zen si sciolse e dopo alcune settimane di pseudorivelazioni, copertine e grancassa, scese il silenzio anche sul fenomeno musicale più importante dopo l'avvento dei Beatles.

Qualche mese dopo, quando era ormai tornato a vivere a Biella, Stefano seppe da Giuliana che Piero e Umberto si erano trasferiti a Los Angeles. Enrico, invece, lavorava a Parigi con Paul Jacobi, ma ogni volta che tornava a Biella per visitare la famiglia andava a trovare Stefano. Lui e Giuliana erano le sole persone sopravvissute al passato, e le sole che gli facesse piacere rivedere.

Non chiese la separazione da Cecilia, né Cecilia si fece viva per chiedergliela: si poteva separare chi era già tanto profondamente diviso? L'orrore per il male che aveva causato a Francesca era tale da renderlo incapace di qualunque altro sentimento.

Pochi giorni prima di Natale, d'impulso, scrisse alla bambina una breve lettera. *Non ho giustificazioni né esiste perdono per quello che ho fatto, ma voglio soltanto dirti che ti voglio bene, mi manchi e penso a te come al bene più prezioso che ho perduto.*

Indirizzò la busta a Lorenzo, nel suo studio, allegando due righe: se riteneva che la lettera potesse turbare Francesca, la stracciasse pure.

Francesca gli rispose due settimane dopo. *Adesso sto meglio, vado da una psicologa e ho preso anche un ottimo in matematica. Non ti ho mai odiato e la tua lettera mi ha fatto piacere.*

# Epilogo

## XVIII

Aprile è il mese più triste: soltanto da due anni Cecilia concordava con l'affermazione di Eliot. Aprile era il mese del terribile viaggio a Parigi che aveva devastato l'innocenza di sua figlia e le esistenze di tutti. Per qualche tempo avevano chiesto soltanto la forza di sopravvivere, e ancora non capiva come fossero riusciti a lasciarsi alle spalle la desolazione e l'angoscia di quei giorni per ricostruire una vita normale.

La tardiva pietà di Dio o un sovrumano istinto di salvezza avevano compiuto il miracolo. Per lei quei giorni erano stati ancora più bui, perché le era piombato addosso anche il macigno dell'odio. Le avevano impedito di avvicinarsi a Francesca e di telefonare per avere sue notizie. Chiusa nella stanza di una pensione, passava il tempo sdraiata nel letto, in una inerzia di morte.

Una mattina aveva trasportato lo sgabello del bagno davanti alla finestra, aveva aperto i vetri e si era sporta verso il vuoto. Quattro piani sotto di lei c'era la pace. La fine di tutto.

*E Francesca?* A trattenerla era stato l'orrore di infliggere a sua figlia anche la violenza di un suicidio. Forse Francesca la disprezzava e la detestava come tutti gli altri, ma se era così l'avrebbe costretta a subire una violenza ancora peggiore, quella dei sensi di colpa.

Non era così. Un pomeriggio, mentre la psicologa le stava parlando, Francesca aveva sollevato per la prima volta lo sguardo. «Dov'è la mamma? Perché non me la fanno vedere più?»

La salvezza di Cecilia, la salvezza di tutti, era iniziata da quel momento. La psicologa aveva chiamato Lorenzo nel suo studio, con il padre, e bruscamente, senza giri di parole, li aveva messi di fronte alla realtà: se l'amore per Francesca era più forte dell'ostilità per Cecilia dovevano riconciliarsi immediatamente con lei. Che ci credessero o no, il legame della ragazzina con la madre era più profondo di quanto lei stessa avesse supposto.

Francesca voleva rivedere la madre e soltanto la sicurezza e l'affetto di una famiglia unita potevano aiutarla a guarire. Tenerla lontana da Cecilia significava perpetuare l'impatto con una realtà brutale e insopportabile.

Quel pomeriggio stesso Lorenzo era corso nella sua pensione e l'aveva portata dalla figlia. Stretta a lei, Francesca era scoppiata in un pianto dirotto e anche Cecilia aveva pianto. E qualche giorno dopo la bambina aveva parlato, parlato e parlato, buttando fuori tutto lo schifo di quella notte.

*Quattordici anni! Festa di compleanno a casa di mamma. È stato bellissimo. Leonardo mi ha baciata.*

Cecilia chiuse in fretta il diario di Francesca. Sua figlia ne era gelosissima, ma qualche volta dimenticava di nasconderlo e lei ne sapeva ormai abbastanza di psicologia per capire che questa distrazione era un inconscio atto di fiducia: lasciava in giro il diario perché era certa che sua madre non l'avrebbe mai letto.

E invece sua madre lo faceva ogni volta che poteva, senza avvertire alcun senso di colpa. In quegli appunti, brevi ed essenziali come messaggini telefonici, Francesca fissava di getto gli eventi più importanti, le emozioni più forti. E Cecilia li leggeva come se fossero una cartella clinica, captando in ognuno di quegli appunti i progressi, le ricadute e le riprese che scandivano il ritorno alla normalità di sua figlia.

La psicologa da cui Francesca era stata seguita aveva voluto incontrare anche la madre, il padre e Carolina: era stata una specie di terapia di gruppo durante la quale avevano preso atto delle ambivalenze del loro rapporto e dell'obbligo di fare fronte unico per aiutare la ragazzina. Carolina doveva continuare a proporsi come una affettuosa presenza materna, ma il ruolo di madre spettava a Cecilia e in quel momento era il più importante. Francesca non soltanto si sentiva sporca e colpevole come tutte le ragazzine molestate, ma dentro di sé si riteneva responsabile anche del fallimento del matrimonio con Stefano. E solo Cecilia poteva rassicurarla e liberarla da un peso in più: come una zavorra che rendeva difficile la risalita, spiegò la psicologa.

E ribadì a Lorenzo che, nonostante le conflittualità e il vivere in due case diverse, la madre rappresentava per Francesca il legame affettivo più profondo.

L'amore per la figlia e la responsabilità di cui si sentiva improvvisamente investita distolsero Cecilia dall'abisso in cui stava precipitando. Con un mutuo in banca, un prestito di Lorenzo e l'investimento di tutti i suoi risparmi comperò un appartamento centrale e spazioso come quello di corso Garibaldi e lo arredò in pochi giorni con i mobili e la collaborazione dei Cerri: questo era il primo modo per rassicurare la figlia, dimostrandole concretamente di non essere una povera madre fallita.

Appena la nuova casa fu pronta, Francesca si trasferì stabilmente da lei. Andava al mobilificio mentre la figlia era a scuola, e dopo averla riportata a casa si sedevano l'una di fronte all'altra: Cecilia per svolgere il lavoro che si era portata dal mobilificio, Francesca per fare i compiti.

Si interrompevano per chiacchierare, per andare in cucina a farsi una cioccolata.

«Non è stata colpa di Stefano, mamma» una sera la ragazzina disse. Erano passati molti mesi dal viaggio a Parigi ed era la prima volta che parlava di lui. Cecilia la guardò in silenzio, aspettando che fosse la figlia a proseguire. E invece le rivolse una domanda diretta: «Ti manca molto, mamma?».

«No.» Capì subito che quella risposta non bastava, che sua figlia aveva ancora una volta bisogno della verità. «Non penso mai a lui. Nelle settimane in cui non ho potuto vederti pensavo solamente a te. Eri soltanto tu che mi mancavi. Adesso siamo insieme: non chiedo altro, non ho bisogno di nessun'altra persona all'infuori di mia figlia.»

«Ma hai solo trent'anni!»

«Oh, oh. Sono così ringiovanita da quando mi consideravi una vecchietta?»

«Sono cresciuta, mamma.» Lo disse seriamente, senza raccogliere la battuta.

*Leonardo mi ha baciata*. È cresciuta davvero, Cecilia pensò riscuotendosi dai ricordi. Due anni dopo quella maledetta notte, Francesca aveva riannodato il filo della sua adolescenza ritrovando gli entusiasmi, le spericolatezze, le paure e i malumori di tutte le ragazzine della sua età. Ma Cecilia continuava a vigilare: come Lorenzo, come Carolina. E no, non si sentiva proprio in colpa per avere spiato ancora una volta nel suo diario.

Adesso sapeva che il compagno ripetente alto, secco e timidissimo con cui Francesca studiava spesso e scambiava telefonate interminabili era il suo primo amore. Implorò tra sé che quel Leonardo fosse un bravo ragazzo, che non la deludesse o, peggio ancora, non la rigettasse nel panico con le impazienti avances degli adolescenti in balia dell'innamoramento e degli ormoni.

Ma quasi tutte le ragazzine dovevano difendersi da quelle avances, e Francesca era ormai abbastanza agguerrita per non lasciarsene sconvolgere. Fu quello che le disse anche la psicologa.

Cecilia aveva continuato a vederla anche dopo che le sedute con sua figlia erano finite. Era lei ad avere ancora bisogno di rassicurazione, di consigli.

Ma l'incubo era finito così come l'orrore dei ricordi. Due anni dopo, l'arrivo del mese di aprile le causava solamente la malinconia di quello che aveva perduto. Grazie alla psicologa, vedeva finalmente con chiarezza in se stessa e negli eventi che l'avevano separata da Stefano.

Era stata lei, respingendolo, umiliandolo e caricandolo di sensi di colpa, a buttarlo nelle braccia della sua ex corista. E soltanto la fatalità aveva trasformato l'avventura di una notte in un dramma rovinoso. Quando l'odio per Stefano si era ritratto, aveva capito di amarlo ancora. Ma anche se si era addossata la sua parte di responsabilità, anche se razionalmente era costretta a riconoscergli molte attenuanti, quel tradimento restava imperdonabile. "È inutile che chiami Stefano, in questo momento si sta scopando la sua Glenda", quell'animale di Piero aveva detto a Francesca, terrorizzata dal suo assalto.

Fosse vissuta cent'anni, non avrebbe mai dimenticato la vergogna e l'angoscia con cui sua figlia le aveva raccontato, tra tutti gli altri particolari osceni, anche quella sghignazzante frase.

Otto mesi dopo, alla vigilia di Natale, aveva saputo da Lorenzo che Stefano aveva scritto a Francesca indirizzando la lettera al suo studio. La psicologa era stata perentoria: quella lettera *doveva* esserle consegnata perché perdonare Stefano significava per lei recuperare un affetto e focalizzare su una sola persona, il molestatore, la ripugnanza e il rancore.

E Francesca lo aveva perdonato. Cecilia sapeva che si scrivevano spesso, perché le era capitato di ritirare le lettere di Stefano dalla cassetta della posta e di metterle bene in vista sulla scrivania della figlia. Sapeva anche che un venerdì di tre mesi prima Stefano era andato a prenderla a scuola e l'aveva portata al ristorante. Francesca stessa glielo aveva preannunciato con naturalezza, dando per scontato che le avrebbe dato il permesso di vederlo.

*Assaggiato aragoste, ottime! Stefano meraviglioso. Avrà una ragazza? A volte detesto mamma, non capisce niente!* Così, sul diario, Francesca aveva fissato il ricordo di quell'incontro.

E aprile finì, portandosi via i ricordi e le malinconie come accade quando è trascorsa la ricorrenza d'una perdita o di un lutto.

Il 3 maggio Francesca si trasferì provvisoriamente a casa del padre e Cecilia partì per Nizza con Giordano e Gina Cerri. La sua ultima linea era stata ceduta, in esclusiva per tutta la Francia, alla prestigiosa catena dei mobilifici David Jacobi & fils.

La presentazione ufficiale agli addetti del settore e alle più importanti riviste d'arredamento sarebbe avvenuta nel salone di rappresentanza della sede centrale.

Fu quella sera, durante la presentazione, che Cecilia si spiegò perché quel cognome, Jacobi, le aveva suscitato una inspiegabile sensazione di curiosità, di oscuro allarme.

Avvenne nel momento in cui vide Enrico dirigersi verso di lei con un ragazzo sui trent'anni straordinariamente rassomigliante a monsieur David. In una immediata associazione, capì che quel ragazzo era Paul Jacobi, l'amico francese di Stefano: probabilmente l'unico dei figli che aveva preferito la musica al commercio di mobili.

Ne ebbe la conferma quando Enrico glielo presentò. Paul si allontanò poco dopo, ed Enrico le rivolse un sorriso che dissipò ogni imbarazzo. «Volevo rivederti e assistere al tuo trionfo: hai vinto, Cecilia.»

«Già. Ho una legione di mobilieri che adorano il mio marchio.» Non riuscì a nascondere l'amarezza.

«Volevo davvero rivederti» ripeté Enrico con affetto. Dopo la separazione da Stefano, Cecilia aveva allontanato dalla sua vita lui, Giuliana, gli stessi coniugi Zennaro. Con dolore, ma con fermezza, si era rifiutata di mantenere vivo il rapporto con loro spiegando che era il solo modo per chiudere definitivamente con il passato.

Ma si accorse con sorpresa di essere felice di quell'incontro. E quando Enrico la invitò a cena, accettò senza esitazioni.

«In qualche modo ho vinto anch'io» le confessò più tardi, al ristorante. «Dopo vent'anni di inconfessabili lacerazioni e di amore solitario mi sono finalmente deciso ad accettare la realtà: sono omosessuale. Da un anno e mezzo io e Paul Jacobi viviamo insieme, alla luce del sole, e il solo problema è stabilire se passare il Natale a Biella con la mia famiglia o a Nizza dalla sua.»

«È bello poter contare su una famiglia che ti accetta come sei, senza ipocrisie e pregiudizi» Cecilia osservò. I suoi genitori erano andati a vivere sulla Riviera Ligure, prendendo le distanze anche dai problemi della nipote.

«Non mi sembri sorpresa di quello che ti ho detto.»

«In effetti non lo sono. Tu sei tu, e quello che mi hai detto non cambia niente.» Gli sorrise. «Sono contenta anch'io di averti rivisto.»

«Stefano è venuto a passare la Pasqua con me e con Paul.»

«Non voglio parlare di lui.»

«Lo ha salvato la musica. Tre settimane fa è andato a New York per incontrare Martin Scorsese: farà la colonna sonora del suo prossimo film. Lo sai, vero, che è diventato un compositore famoso?»

«A quanto pare ha vinto anche lui. Abbiamo vinto tutti, evviva.»

«Ha legioni di registi che adorano le sue colonne sonore» Enrico disse, amaro come lei.

«Se non la smetti, mi alzo e ti pianto qui.»

«È la stessa cosa che Stefano mi ha detto a Pasqua.»

In luglio Francesca andò al mare con il padre, Carolina e il fratello dimenticando di portare con sé il suo diario. Fu lei a dirlo a Cecilia, per telefono, con voce piena d'affanno. «Mettilo via subito! E giura che non lo leggerai!»

Avvertendo per la prima volta una fitta di disagio, Cecilia si sedette sul letto della figlia e cominciò a leggere. Da quasi tre mesi non aveva potuto farlo più perché Francesca aveva cominciato a nasconderlo con diligenza.

La prima scoperta, sbalorditiva, fu che Stefano e Lorenzo si frequentavano. Nel mese di maggio, durante i quattro fine settimana che la figlia aveva trascorso a casa del padre, Stefano era stato invitato due volte a pranzo da Carolina.

Avvampò di rabbia: perché era stata tenuta all'oscuro di una cosa tanto importante? Perché Lorenzo aveva permesso alla figlia di tacere e mentire, anziché obbligarla a dire la verità? La spiegazione era poche pagine avanti, nero su bianco. *Papà manterrà la promessa di stare zitto? Lui non vive con mamma e non sa che solo a sentire nominare Stefano cambia faccia.*

Nella pagina del 10 giugno un altro colpo al cuore.

*Tutto finito con Leonardo. Dice che mi ha toccato il seno per sbaglio, ma io odio le sue mani. Tutte le mani dei maschi.*

Il giorno dopo, una annotazione al volo. *Lunga telefonata con Stefano, solo lui capisce tutto.*

La data del 12 giugno era racchiusa dentro un cuoricino disegnato con la biro rossa. *Pace con Leonardo! Stefano ha ragione, odiare le mani è sciocco perché le mani possono picchiare, accoltellare o fare del male ma anche accarezzare la fronte di un bambino, dipingere un'opera d'arte ecc. ecc. Leonardo ha giurato che non mi sfiorerà più nemmeno per sbaglio.*

Cecilia provò un empito di gratitudine per Stefano: forse nemmeno la psicologa sarebbe riuscita a trovare parole tanto rassicuranti. Al momento giusto, Francesca avrebbe capito di non dover odiare nemmeno il sesso, perché col pene si potevano fare cose brutte e terrorizzanti, ma anche dolci e belle come dare la vita a un bambino.

Seguivano annotazioni prive di rilievo: pizza con Leonardo, lite con Valentina, papà regalato orride scarpe, da Coin con Carolina per costumi da bagno, Leonardo arrabbiato perché suo padre non gli vuole comperare il motorino.

E Cecilia arrivò all'ultima pagina, quella di sabato 30 giugno. *Stefano a casa di papà per salutare, usciti io e lui per pizza, arrivata telefonata rivelatrice durata dieci minuti. Stefano forse ha una ragazza, a mia domanda risponde sibillino "devo ancora capire". Detesto mia madre, perché se si risposa con un'altra io non lo rivedo più.* Quel *detesto* era sottolineato tre volte.

Cecilia chiuse il diario e lo mise nel cassetto della scrivania di Francesca. Poi andò al telefono e chiamò il 12 per sapere il numero di Biella degli Zennaro.

Prima di poterci ripensare, si fece collegare direttamente e dopo tre squilli udì la voce della madre di Stefano. Cecilia tagliò gentilmente corto fermando le espressioni di sorpresa e di piacere: aveva urgente bisogno di parlare con Stefano, poteva passarglielo?

Qualche attimo di silenzio. «Credevo che lo sapessi... Stefano da sei mesi è tornato a vivere a Milano. Vuoi che ti dia il suo nuovo numero di telefono?»

«Non importa. Per piacere, può dirgli di mettersi in contatto con me appena possibile? Il mio numero è sulla guida.»

Stefano la chiamò un quarto d'ora dopo. «Cecilia?» chiese con voce allarmata ed esitante.

«Sono io. Scusa l'urgenza, ma...»

«Francesca sta bene?»

«Non ti ho telefonato per lei. Dopo più di due anni credo che sia arrivato il momento di chiedere la separazione. Se hai un avvocato di fiducia, va bene anche per me. Non abbiamo nessun...»

«Dopo oltre due anni, mi chiami *d'urgenza* solo per questo?» La voce di Stefano si era fatta sarcastica e furiosa.

«Non ti ho chiamato per chiederti che film stai guardando alla televisione, ma per parlare della nostra separazione. Ti sembra un argomento così irrilevante?»

«No. Mi sembra ridicolo che la voglia della separazione ti sia scappata d'urgenza, come...» Si interruppe qualche istante. «O forse hai un fidanzato che scappa se non lo sposi subito?»

Invece della risposta, gli giunse il clic della comunicazione interrotta.

«Mi dispiace» Stefano disse voltando le spalle al telefono. Giulia si era alzata e aveva raccolto la borsa dal divano, pronta per andarsene. «Mi dispiace» ripeté.

«Non so perché, ma ero certa che fosse tua moglie a non volerti concedere la separazione.»

«Prima di pochi minuti fa non ne avevamo mai parlato.»

Giulia lo fissò. «E a quanto pare la richiesta ti ha sconvolto.» La sua voce si alterò. «E non ripetere che ti dispiace, per piacere!»

«Non ti ho mai nascosto di essere ancora legato a lei.»

«Credevo che in questi due mesi ti fossi...»

«Ci ho provato, Giulia. Ma...» Scosse la testa. Che cosa poteva dirle che non suonasse ipocrita o falso? Non sono ancora pronto, meriti un uomo migliore, sei una ragazza meravigliosa, ricorderò sempre questi due mesi?

Stare con Giulia aveva solamente acuito il dolore per la separazione da Cecilia. Forse, col tempo, la rassegnazione o la solitudine l'avrebbero spinto a costruirsi un nuovo legame, ma non esisteva donna che potesse fargliela dimenticare. Cecilia era unica. Una parte di se stesso. Poteva soltanto sperare di imparare a convivere con la sua perdita, come con quella di un braccio o di una gamba. La voce di Giulia lo riscosse. «Me ne vado.»

Due settimane dopo Stefano trovò nella cassetta della posta una busta con l'intestazione di uno studio legale. L'avvocato Vito Renzi gli comunicava che la sua cliente, Cecilia Vitali, lo aveva incaricato di avviare le pratiche per una separazione consensuale e lo pregava pertanto di mettersi in contatto con lui, personalmente o attraverso un avvocato di sua fiducia.

Stefano gli telefonò subito: non aveva bisogno di un altro avvocato, quello scelto da sua moglie andava bene anche per lui.

Vito Renzi convocò entrambi nel suo studio per il 20 luglio. Aveva già preparato i documenti da firmare. «La vostra separazione è una passeggiata» disse. Una battuta cretina che fece irrigidire Stefano.

Cecilia ebbe la sua stessa reazione. «Ha allegato al

dossier anche una cartina panoramica per farci gustare meglio questa passeggiata?» chiese gelida.

Stefano avrebbe voluto abbracciarla.

«Sono stato frainteso, signora. Volevo dire che è una separazione molto civile, molto semplice. Non ci sono alimenti da concordare, bambini di cui contendersi l'affidamento, orari di visite o periodi di...»

«Abbiamo capito» lo interruppe Stefano.

Uscirono dallo studio di Renzi dopo dieci minuti.

«Dove hai la macchina?» chiese Stefano.

«Sono venuta con un taxi.» *Se chiede di darmi un passaggio lo strangolo.* Sollevò lo sguardo su di lui, aspettando con aria truce che glielo chiedesse.

«Voglio bene a Francesca» Stefano disse invece, dopo un lungo silenzio.

«Lo so. Ma che c'entra?»

«Vorrei continuare a vederla.»

«Non hai bisogno del mio permesso, visto che hai già quello di suo padre. O dovrei dire del tuo amico Lorenzo? Scusa, non voglio litigare.»

«Perché hai voluto la separazione? Che fretta c'era?»

«Credevo di renderti le cose più facili. Magari sei tu ad avere una fidanzata che scappa se non la sposi subito.»

«Ho avuto una storia di due mesi con...» Si interruppe con una espressione perplessa. «Te l'ha detto Francesca?»

«L'ho letto nel suo diario. Ti vuole molto bene anche lei. E ha il terrore di perderti, quando ti risposerai.»

«Io ti amo, Cecilia.»

«Ti amo anch'io. Ma non mi perdonerò mai per avere abortito e per averti gettato la croce addosso, e non perdonerò mai nemmeno te. Tornare insieme vorrebbe dire solamente ributtare fuori quello che...»

«Io non posso perderti!»

«Abbiamo perduto, Stefano.»

Il giudice li convocò per il 12 dicembre. Due settimane prima dell'udienza Stefano telefonò a Cecilia per dirle che aveva messo in vendita l'appartamento di corso Garibaldi e incaricato un'impresa di traslochi di depositare i mobili e gli arredi in un magazzino. C'era qualcosa che voleva prendere o conservare prima che gli addetti arrivassero a imballare e a portare via tutto? In caso affermativo, avrebbe potuto accompagnarla.

«Ci penserò, grazie. In ogni caso non serve che mi accompagni, perché ho ancora da qualche parte il mio mazzo di chiavi.»

Non voglio portare via niente, pensò alla fine della telefonata. Qualche giorno dopo, come spinta da una forza irresistibile, passò con la sua macchina sotto la vecchia casa. Si fermò sotto al portone guardò verso l'ultimo piano. Che cosa ci è successo? Come è potuto finire tutto?

*Siamo stati sfortunati.* Pensò al suo bambino down e scoppiò in singhiozzi.

Il giorno prima del trasloco le venne d'un tratto in mente che c'era una sola cosa che voleva prendere, l'unica che le restava di lui: le immagini dell'ultima ecografia. Non poteva permettere che finissero imballate in uno scatolone, tra biancheria e cianfrusaglie. Le avrebbe prese e subito bruciate, perché non poteva nemmeno ripiombare in una luttuosa depressione.

Al mattino dopo, prima di andare al mobilificio, prese le chiavi del vecchio appartamento e le mise in borsetta sopraffatta dal ricordo della sera in cui aveva compiuto lo stesso gesto, fuggendo inorridita dal mostro che aveva sposato.

Lavorò per tutto il giorno sentendosi addosso una desolante tristezza. Alle sei non ce la fece più e uscì dall'ufficio per andare in corso Garibaldi. La portineria era vuota. Salì in ascensore col cuore stretto, e nel momento in cui girò la chiave nella serratura si stupì che la porta si aprisse tanto facilmente, come se, andandosene, lei avesse scordato di chiudere saldamente il suo passato.

E infatti il passato era lì, oltre la porta. Tutto era rimasto come allora, avvolto sotto uno strato di polvere. Incrociò le mani contro il petto, aspettando la fitta lancinante dei ricordi, e invece si accorse che il passato non faceva più male. Le stanze erano avvolte da un silenzio buono. Ogni oggetto le era familiare, ogni angolo evocava i gesti e i particolari di una quotidianità felice.

Si accorse che dal salotto era sparito il divano firmato Vinci, quello con le mani sulle chiappe, e le tornò in mente il primo incontro con Stefano. Sì, avevano avuto tanti giorni felici.

*Ma siamo stati sfortunati*, pensò di nuovo dirigendosi verso la stanza da letto per prendere le ecografie del bambino. Ricordava esattamente il momento in cui le aveva nascoste, sotto la biancheria dell'ultimo cassetto; perché aveva smesso di prendere i tranquillanti? Come aveva potuto illudersi di guarire da sola? Imporsi di non guardare più quelle ecografie non era bastato certamente per salvarla dal baratro di una depressione fatale.

Aprì il cassetto e dalle pile di biancheria emerse il profumo della lavanda. Con gli occhi pieni di lacrime sollevò la pila di destra: le ecografie non c'erano. Frugò tutto il cassetto: niente. Freneticamente, cominciò ad aprire e a svuotare l'intera cassettiera. Le fotografie erano sparite.

«Le ho prese io». La voce di Stefano, immobile sulla porta.

Cecilia si sollevò di scatto dal pavimento. «Che cosa fai qui?»

«Non lo so. Domani portano via tutto, e volevo dare un'ultima occhiata.» Si avvicinò lentamente. «Ieri sono venuto a prendere il divano, la sola cosa che volevo, e ho passato ore seduto davanti ai cassetti con la tua biancheria per sentire l'odore della lavanda...» La voce gli si incrinò.

«Ti ho odiato» Cecilia disse abbassando la testa.

«Io ti ho odiato soltanto ieri. Ma poi ho trovato quelle ecografie e ho capito di averti perduta con il bambino. Darei la vita per tornare indietro, per non essere mai stato l'orribile Zen.»

*Siamo stati sfortunati. Abbiamo perduto*. Qualcosa si ribellò in lei. Non è vero, si disse. Avevamo programmato un futuro perfetto e di fronte al primo dolore siamo scappati, correndo verso la rovina.

Cecilia rialzò la testa. «Il peggio è passato» disse con forza. «Non posso perderti.»

Stefano la fissò incredulo. «Vuoi dire che... mi perdoni?»

«Se non ti perdonassi, saremmo sconfitti per sempre.»

Stefano allungò cautamente una mano verso il suo viso e Cecilia gliela strinse. «Non sarà una passeggiata» gli sorrise tra le lacrime.

«Ma adesso conosco bene la strada» le sorrise stringendola a sé.

# Indice

ANTEFATTO



LA STORIA

EPILOGO

BUR
Periodico settimanale: 26 maggio 2004
Direttore responsabile: Rosaria Carpinelli
Registr. Trib. di Milano n. 68 del 1°-3-74
Spedizione in abbonamento postale TR edit.
Aut. N. 51804 del 30-7-46 della Direzione PP.TT. di Milano
Finito di stampare nel maggio 2004 presso
il Nuovo Istituto Italiano d'Arti Grafiche - Bergamo
Printed in Italy

ISBN 88-17-00238-0